COMO ESTUDAR A
BÍBLIA

JOHN MACARTHUR

COMO ESTUDAR A BÍBLIA

O *que* VOCÊ PRECISA *para* LER *e* ENTENDER *as* ESCRITURAS SAGRADAS

Tradução:
Markus Hediger

THOMAS NELSON
BRASIL®
Rio de Janeiro, 2021

Título original: *How to Study the Bible.*
Copyright © 1982, 2009 por John MacArthur.
Edição original por Moody Publishers, Chicago. Todos os direitos reservados.
Copyright de tradução © Vida Melhor Editora LTDA., 2016.

As citações bíblicas são da *Nova Versão Internacional* (NVI), da Bíblica,
Inc., a menos que seja especificada outra versão da Bíblia Sagrada.

Os pontos de vista desta obra são de responsabilidade
de seus autores e colaboradores diretos, não refletindo necessariamente
a posição da Thomas Nelson Brasil, da HarperCollins Christian Publishing
ou de sua equipe editorial.

PUBLISHER *Omar de Souza*
GERENTE EDITORIAL *Samuel Coto*
EDITOR RESPONSÁVEL *André Lodos Tangerino*
COORDENAÇÃO DE PRODUÇÃO *Thalita Ramalho*
PRODUÇÃO EDITORIAL *Luiz Antonio Werneck Maia*
COPIDESQUE *Jean Carlos Alves Xavier*
REVISÃO *Francine Ferreira de Souza e Lucas Serniker*
CAPA *Rafael Brum*
DIAGRAMAÇÃO *Abreu's System*

CIP-BRASIL. CATALOGAÇÃO NA PUBLICAÇÃO
SINDICATO NACIONAL DOS EDITORES DE LIVROS, RJ

M113c

Macarthur, John
    Como estudar a Bíblia : o que você precisa para ler e entender as Escri-
turas sagradas / John Macarthur ; tradução Markus Hediger. - 1. ed. - Rio de
Janeiro : Thomas Nelson Brasil, 2016.

    Tradução de: How to Study the Bible
    ISBN 978.85.7860.786-9

    1. Deus. 2. Bíblia - Estudo e ensino. 3. Cristianismo. 4. Vida cristã. I.
Título.

16-35978   CDD: 220.6
                                      CDU: 27-276

Thomas Nelson Brasil é uma marca licenciada à Vida Melhor Editora LTDA.
Todos os direitos reservados à Vida Melhor Editora LTDA.
Rua da Quitanda, 86, sala 218 – Centro – 20091-005
Rio de Janeiro – RJ – Brasil
Tel.: (21) 3175-1030
www.thomasnelson.com.br

Sumário

1. O poder da Palavra na vida do cristão –
Primeira Parte 7

2. O poder da Palavra na vida do cristão –
Segunda Parte 39

3. Quem pode estudar a Bíblia? 73

4. Como estudar a Bíblia 105

   Índice de passagens bíblicas 139

1

O poder da Palavra na vida do cristão

PRIMEIRA PARTE

É vital que todo cristão saiba como estudar a Bíblia. Você deveria ser capaz de mergulhar na Palavra de Deus para descobrir e extrair todas as riquezas que a Bíblia contém. Penso muitas vezes nas palavras de Jeremias, que disse: "Quando as tuas palavras foram encontradas eu as comi; elas são a minha alegria e o meu júbilo" (Jeremias 15:16a). A Palavra de Deus é um recurso incrível. Os cristãos não deveriam ser limitados em sua habilidade de estudar a Palavra de Deus por conta própria. Por isso, examinaremos como devemos estudar a Bíblia, mas, antes, devemos saber por que é importante estudá-la.

Walter Scott, um romancista e poeta inglês e também um grande cristão, estava morrendo quando disse ao seu secretário: "Traga-me o Livro"; Seu secretário olhou para os milhares de livros em sua biblioteca e disse: "Dr. Scott, qual deles?" Ele respondeu: "O Livro, a Bíblia — o único Livro para um homem moribundo". E eu acrescentaria que a Bíblia é o único Livro não só para um homem *moribundo*, é o único Livro para o homem *vivo*, pois é a Palavra da vida, tanto quanto é a esperança na morte.

Assim, nos aproximamos da Palavra de Deus com um senso de enorme empolgação e antecipação. Mas, antes de dizer-lhe como deve estudar a Bíblia, preciso falar sobre a autoridade da Palavra de Deus, então você entenderá a importância do estudo da Bíblia. Precisamos declarar também desde o início que as Escrituras são a Palavra de Deus. Não é a opinião de um homem, não é uma filosofia humana, não são as ideias de uma pessoa, tampouco é uma antologia dos melhores pensamentos dos maiores homens — é a Palavra de Deus. Consequentemente, há uma série de coisas que precisamos saber sobre ela.

Os atributos da Bíblia

1. A Bíblia é infalível

A Bíblia, toda ela, não tem erros. Mais especificamente, seus manuscritos não contêm erros. Em Salmos 19:7, a Bíblia diz a respeito de si mesma: "A lei do Senhor é perfeita". É perfeita, porque Deus a escreveu — e ele é perfeito. Por isso, se Deus escreveu a Bíblia e se ele é a autoridade última e se seu caráter é perfeito, então a Bíblia também é perfeita e é a autoridade última. Veja: já que Deus é perfeito, os manuscritos originais, as transmissões originais da Palavra de Deus também precisam ser perfeitos. Portanto, a Bíblia não possui erros, e essa é a primeira razão pela qual devemos estudá-la; é o único livro que jamais comete um erro — tudo o que diz é verdade.

A Bíblia não é só *infalível*, existe ainda outra palavra que usamos para descrevê-la:

2. A Bíblia é inerrante

A Bíblia não é só infalível como um todo, mas inerrante também em suas partes. Provérbios 30:5-6 diz: "Cada palavra de Deus é comprovadamente pura; [...]. Nada acrescente às palavras dele, do contrário, ele o repreenderá e mostrará que você é mentiroso". Portanto, cada palavra de Deus é pura e verdadeira.

A Bíblia não é só *infalível* e *inerrante*, mas:

3. A Bíblia é completa

Nada precisa ser acrescentado à Bíblia. Isso pode ser uma surpresa para algumas pessoas, pois há os que acreditam que hoje precisamos de uma revelação adicional. Existe uma teologia filosófica chamada neo-ortodoxia, que nos diz que a Bíblia era simplesmente um comentário sobre as experiências espirituais humanas de seu tempo e que hoje os seres humanos continuam tendo experiências espirituais. Portanto, a humanidade precisa de outro comentário. Um escritor afirmou que precisamos que uma Bíblia seja escrita hoje, assim como a humanidade precisou quando a Bíblia que temos em mãos foi escrita, porque precisamos que alguém comente o que Deus está fazendo agora. Ele alegou também que, quando João ou Maria se levantam na sua igreja e dizem: "Assim diz o Senhor", eles estão falando com a mesma inspiração de Isaías, Jeremias ou qualquer outro profeta (J. Rodman Williams, *The Era of the Spirit* [A era do Espírito], Logos International, 1971).

Em outras palavras, essas pessoas alegam que a Bíblia não é completa. Esse é o pensamento filosófico-teológico atual. Vejamos o final do último livro da Bíblia, o livro de Apocalipse: "Se alguém lhe acrescentar algo, Deus lhe acrescentará as pragas descritas neste livro. Se alguém tirar alguma palavra deste livro de profecia, Deus tirará dele a sua parte na árvore da vida e na cidade santa, que são descritas neste livro." (Apocalipse 22:18b-19). A Bíblia fecha com uma advertência de não tirar nem acrescentar nada, e isso é uma afirmação de que ela é completa. Ela é *infalível* como um todo, *inerrante* em suas partes e *completa*.

Uma quarta maneira de descrever os atributos da Bíblia consiste em dizer que:

4. A Bíblia é autoritativa

Se ela é perfeita e completa, então é também a última palavra — a autoridade final. Isaías 1:2 diz: "Ouçam, ó céus! Escute, ó terra! Pois o Senhor falou". Quando Deus fala, todos ouvem e obedecem, porque cabe a ele a autoridade final. Podemos discutir suas implicações, suas aplicações e seus significados, mas jamais deveríamos discutir se ela é verdade ou não.

Em João 8, Jesus foi confrontado por alguns líderes judeus, e outras pessoas estavam presentes. Os versículos 30b-31 dizem: "Muitos creram nele. Disse Jesus aos judeus que haviam crido nele: 'Se vocês permanecerem firmes na minha palavra, verdadeiramente serão meus discípulos'". Em outras palavras: ele exigiu uma resposta à sua Palavra porque ela é autoritativa.

Em Gálatas 3:10, nós lemos: "Maldito todo aquele que não persiste em praticar todas as coisas escritas no livro da Lei". Isso é uma reivindicação tremenda de autoridade absoluta. Tiago 2:9-10 diz: "Mas se tratarem os outros com parcialidade, estarão cometendo pecado e serão condenados pela Lei como transgressores. Pois quem obedece a toda a Lei, mas tropeça em apenas um ponto, torna-se culpado de quebrá-la inteiramente". Violar a Bíblia em qualquer ponto significa quebrar a lei de Deus. A Bíblia é autoritativa em cada parte.

A Bíblia é *infalível, inerrante, completa* e *autoritativa*. Em decorrência disso, podemos afirmar também que:

5. A Bíblia é suficiente

A Bíblia é suficiente para várias coisas. Em primeiro lugar, ela é suficiente para a nossa salvação. Em 2 Timóteo 3:15, Paulo diz a Timóteo: "Porque desde criança você conhece as sagradas letras, que são capazes de torná-lo sábio para a salvação mediante a fé em Cristo Jesus". Acima de tudo, a Bíblia é *suficiente* para "torná-lo sábio para a salvação". Pergunte a si mesmo: o que é mais importante do que a salvação? Nada! Ela é a maior realidade do universo — e a Bíblia revela essa salvação.

Em segundo lugar, 2 Timóteo 3:16 indica que a Bíblia é suficiente para a nossa perfeição (grifos meus): "Toda a Escritura é inspirada por Deus e útil *para o ensino*", ou seja, para a instrução, para os princípios da sabedoria, para os padrões divinos ou para a verdade divina; "*para a repreensão*", o que significa que você pode se aproximar de alguém e dizer: "Ei, você saiu da linha. Não pode se comportar desse jeito; existe um padrão, e você está fugindo dele." As Escrituras servem também "*para a correção*", o que significa que você pode dizer a alguém: "Não faça aquilo, mas faça isto; este é o caminho certo". Você ensina, repreende, aponta o caminho certo. A Bíblia serve também "*para a instrução na justiça*". Você aponta o caminho certo e diz como caminhar nele. A Bíblia é um livro fantástico. Ela pode se dirigir a uma pessoa que não conhece Deus, que não foi salva, e salvá-la. Então ela a instruirá, a repreenderá quando praticar o mal, mostrará a ela a coisa certa a ser feita e também como andar no caminho certo.

O resultado é declarado em 2Timóteo 3:17: "para que o homem de Deus seja apto e plenamente preparado para toda boa obra". A realidade incrível da Bíblia é que ela é suficiente para dar conta de todo o recado.

Em terceiro lugar, a Bíblia é suficiente em sua esperança. Em Romanos 15:4, lemos: "Pois tudo o que foi escrito no passado [referindo-se à Bíblia], foi escrito para nos ensinar, de forma que, por meio da perseverança e do bom ânimo procedentes das Escrituras, mantenhamos a nossa esperança". A Bíblia é a fonte de paciência e conforto, dando-nos esperança agora e para sempre.

Por fim, a Bíblia é suficiente em sua bênção. Penso aqui no texto incrível de Tiago 1:25: "Mas o homem que observa atentamente a lei perfeita, que traz a liberdade, e persevera na prática dessa lei, não esquecendo o que ouviu mas praticando-o, será feliz naquilo que fizer." Leia e pratique — e você será abençoado.

Em Tiago 1:21, o apóstolo afirma que devemos "aceitar humildemente a palavra implantada em vocês, a qual é poderosa para salvá-los". O texto grego diz literalmente que a Palavra de Deus é capaz de "salvar sua vida". Em outras palavras, ela salvará sua vida se você aceitá-la. Creio que com isso Tiago queira dizer que ela lhe dará a vida mais plena que você possa imaginar. Mas é também possível que um cristão que não obedeça à Palavra de Deus perca sua vida. Em 1Coríntios 11, alguns dos cristãos de Corinto violaram a prática da Ceia do Senhor ou da Comunhão, e o Senhor os corrigiu. O versículo 30 diz: "Por isso há entre vocês muitos fracos e doentes, e vários já dormiram [estão mortos]". Ananias e Safira desobedeceram à ordem de Deus e caíram mortos em frente a toda a igreja (Atos 5:1-11). Por isso, Tiago disse: "Aceitem humildemente a palavra implantada em vocês, a qual é poderosa para salvá-los". Todas essas coisas valem para a Palavra de Deus.

6. A Bíblia é eficaz

Leia as palavras de Isaías 55:11: "Assim também ocorre com a palavra que sai da minha boca: Ela não voltará para mim vazia, mas fará o que desejo e atingirá o propósito para o qual a enviei". A Palavra de Deus é eficaz. Uma das coisas incríveis de ser um professor da Palavra de Deus é saber que ela fará o que promete fazer.

Muitas vezes, eu me pergunto sobre os vendedores que vão de porta em porta tentando apresentar seus produtos que, às vezes, não funcionam corretamente. Lembro-me da história de uma senhora que vivia no interior, e um vendedor de aspiradores de pó bateu à sua porta com uma proposta arriscada. Ele disse: "Tenho o produto mais maravilhoso que a senhora já viu na vida. Esse aspirador de pó devora tudo. Na verdade, se eu não o controlar, ele 'engolirá' seu tapete". Antes que ela pudesse responder, ele disse: "Quero fazer uma demonstração para a senhora".

Ele foi imediatamente até a lareira e jogou as cinzas no meio do tapete. Tinha consigo uma bolsa cheia de coisas que ele também jogou no tapete. Então ele disse: "Quero que a senhora veja como ele irá aspirar tudinho." Ela ficou parada ali, atônita. Finalmente, ele lhe disse: "Se ele não aspirar cada migalha disto aqui, eu comerei toda esta sujeira com uma colher." Ela olhou diretamente para ele e disse: "Bem, meu senhor, comece a comer, pois não temos eletricidade aqui."

É duro quando seu produto é inoperável ou ineficaz, mas isso nunca acontece com a Bíblia — ela é *sempre* eficaz — pois faz exatamente o que promete. Essa é uma realidade incrível da Bíblia.

1 Tessalonicenses 1:5 é um versículo maravilhoso sobre a eficácia das Escrituras: "O nosso evangelho não chegou a vocês somente em palavra, mas também em poder, no Espírito Santo e em plena convicção." Ou seja, quando você ouve a Palavra de Deus, não ouve apenas palavras. Quando a Palavra se manifesta, ela tem poder; ela vem com o poder do Espírito Santo, e temos a garantia de que ela fará o que diz.

Até agora, vimos que a Palavra de Deus é *infalível* como um todo, *inerrante* em suas partes, *completa*, de modo que não devemos nem acrescentar nem retirar nada dela, *autoritativa*, pois é totalmente verdadeira e exige nossa obediência, *suficiente* ao ponto de ser capaz de fazer por nós tudo que precisamos e é *eficaz*, pois ela fará exatamente o que promete fazer. Por fim:

7. A Bíblia é determinativa

A Bíblia é determinativa porque a forma como você responde à Palavra de Deus determina a essência de sua vida e o seu destino eterno. Em João 8:47, Jesus disse: "Aquele que pertence a Deus ouve o que Deus diz. Vocês não ouvem porque não pertencem a Deus." Em outras palavras, o que determina se alguém pertence ou não a Deus baseia-se em se ele ouve a Palavra de Deus ou não. 1Coríntios 2:9 diz: "Olho nenhum viu, ouvido nenhum ouviu, mente nenhuma imaginou o que Deus preparou para aqueles que o amam." O homem jamais conseguiria imaginar o domínio de Deus e jamais conseguiria imaginar-se fazendo parte disso. O homem, em toda sua humanidade, em seus próprios raciocínios lógicos, nunca poderia imaginar tudo o que Deus preparou para ele. Mas os versículos 10-12 dizem:

> Mas Deus o revelou a nós por meio do Espírito. O Espírito sonda todas as coisas, até mesmo as coisas mais profundas de Deus. Pois, quem dentre os homens conhece as coisas do homem, a não ser o espírito do

homem que nele está? Da mesma forma, ninguém conhece as coisas de Deus, a não ser o Espírito de Deus.

Nós, porém, não recebemos o espírito do mundo, mas o Espírito procedente de Deus, para que entendamos as coisas que Deus nos tem dado gratuitamente.

E o versículo 14 acrescenta: "Quem não tem o Espírito não aceita as coisas que vêm do Espírito de Deus."

Existem dois tipos de pessoas: as que aceitam as coisas de Deus e as que não as aceitam, ou seja, as pessoas que podem receber e aquelas que não podem. As que não creem, não podem recebê-las, porque não têm o Espírito Santo, mas as que conhecem Deus têm o Espírito Santo e recebem a Palavra de Deus. A Bíblia é o determinador último. As pessoas que recebem a Palavra de Deus indicam por meio de seu entendimento que possuem o Espírito Santo, e isso prova que elas são cristãs.

Lembro-me de uma conversa com um homem que admitia continuamente que não entendia a Bíblia. Ele não conseguia entender porque lhe faltava a única coisa necessária para entendê-la — o Espírito Santo que habita na alma. Assim, a beleza, a glória e as capacidades da Palavra de Deus nos são apresentadas nestas palavras simples: ela é *infalível, inerrante, completa, autoritativa, suficiente, eficaz* e *determinativa*. Agora, alguém poderia dizer: "Bem, é maravilhoso que a Bíblia alegue tudo isso sobre si mesma. Se tudo isso for realmente verdade, preciso descobrir mais sobre esses princípios. Mas como posso ter certeza de que tudo isso é verdade?"

Vivemos num mundo em que as pessoas não reagem muito bem à autoridade. Na verdade, todo nosso mundo se revolta contra a autoridade. Queremos negar a autoridade do lar. Existe agora uma luta para negar a autoridade do homem na sociedade. As mulheres querem lutar contra isso e, às vezes, essa autoridade tem sido opressiva. Muitas vezes, precisa haver mais equilíbrio, mas pode ser uma luta contra a autoridade. Os jovens no Ensino Médio e nas faculdades lutam por vezes contra as diretorias. Em alguns casos, há um sentimento antigovernamental. É um tipo de um individualismo rude; cada um é seu próprio deus. Voltamos para: "Sou o senhor do meu próprio destino. Eu sou o capitão da minha alma." Não gostamos de obedecer à autoridade. Então, quando você diz a alguém: "Eu quero lhe dizer que a Bíblia é a autoridade absoluta. Ela é absolutamente suficiente e eficaz", as pessoas entendem isso como algo rude.

Elas respondem: "Bem, como é que você sabe disso? Não aceitarei isso a não ser que você me mostre como." Então como podemos determinar que a Bíblia é verdadeira? É claro, não há como provar que ela é verdadeira, mas existem alguns fatos convincentes que mostram que a nossa fé é sensata.

A autenticidade da Bíblia

Existem cinco áreas básicas que provam que a Bíblia é verdadeira. A primeira é:

1. Experiência

Creio que a Bíblia é verdadeira porque ela nos dá a experiência que promete nos dar. Por exemplo, a Bíblia diz que Deus perdoará nossos pecados (1João 1:9). Eu acredito nisso. Eu aceitei seu perdão, e ele me concedeu. Mas você pode dizer: "Como você sabe disso?" Porque eu tenho um senso de liberdade da culpa; eu sinto o perdão. A Bíblia diz que "se alguém está em Cristo, é nova criação. As coisas antigas já passaram; eis que surgiram coisas novas!" (2Coríntios 5:17). Eu fui a Jesus Cristo certo dia e experimentei as coisas antigas passarem e tudo se tornar novo. A Bíblia transforma vidas. Alguém disse que uma Bíblia que esteja caindo aos pedaços provavelmente pertence a uma pessoa que não está caindo aos pedaços. Isso é verdade, porque a Bíblia repara vidas. Milhões de pessoas no mundo inteiro são prova viva de que a Bíblia é verdadeira, pois experimentaram isso.

Apesar de esse ser, por um lado, um argumento maravilhoso, por outro é fraco, pois se você começar a usar o empirismo como base para tudo, acabará encontrando algumas pessoas que tiveram experiências bem extravagantes. Por isso, se basear toda sua prova em experiências humanas, você pode ter problemas. Por isso, a experiência é apenas uma área de provas, possivelmente a mais frágil, mas, para algumas pessoas, ela serve como evidência.

Uma segunda coisa que prova a validade da Bíblia é:

2. Ciência

Algumas pessoas dizem: "Bem, a Bíblia não é um livro de ciências; é cientificamente incorreta e não usa linguagem científica. Por que o Antigo Testamento diz que o sol ficou parado? Agora sabemos que o sol não ficou parado. Na verdade, na antiguidade, as pessoas acreditavam que o sol girava em torno da terra, e não vice-versa. Isso é um típico erro da Bíblia." Mas o que aconteceu foi que a terra parou de girar, e o sol *parecia* ter parado (Josué 10:13). Quando tentam analisar a afirmação cientificamente, as pessoas veem apenas o que parecia ter acontecido. Todos nós fazemos isso. Quando você se levanta de manhã e olha para o leste, não diz: "Olha só, que bela rotação da terra." Não, você chama aquilo de nascer do sol, e as pessoas entendem o que você está dizendo. Semelhantemente, você não olha para o oeste e diz: "Que bela rotação da terra." Não, é um pôr do sol.

Durante um jantar, quando alguém lhe pergunta se gostaria de repetir, você poderia dizer: "Bem, a saciedade gastronômica me informa que alcancei um estado de deglutição consistente com integridade dietética." Ou poderia dizer: "Não, obrigado. Estou satisfeito." Nem sempre você precisa de uma resposta científica para tudo. Às vezes, uma simples observação basta. A Bíblia relata algumas coisas do ponto de vista da observação humana. Por outro lado, porém, sempre que a Bíblia fala sobre um princípio científico, ela é precisa. Portanto, examinemos mais de perto três aspectos mencionados na Bíblia.

O primeiro é a chuva. Em Isaías 55:10, lemos: "A chuva e a neve descem dos céus e não voltam para ele sem regarem a terra e fazerem-na brotar e florescer, para ela produzir semente para o semeador e pão para o que come." Isaías escreveu isso séculos antes da descoberta do ciclo hidrológico. Ele disse: "A chuva e a neve descem dos céus e não voltam para ele sem regarem a terra." Mas a hidrologia só foi entendida em tempos modernos. O que acontece é: a chuva cai na terra, rega-a, corre para os riachos e rios e de lá para o mar, e do mar ela volta para as nuvens; depois, as nuvens passam por cima da terra firme, e a chuva volta a cair. O ciclo hidrológico se repete sempre, e Isaías 55:10 o explicou.

Alguns poderiam dizer: "Bem, até mesmo um porco cego encontra uma espiga de milho de vez em quando — Isaías chutou e acertou por sorte." É possível, mas a Bíblia discute a mesma informação em várias outras passagens. Jó 36:27-29 comenta: "Ele atrai as gotas de água, que se dissolvem e descem como chuva para os regatos; as nuvens as despejam em aguaceiros sobre a humanidade. Quem pode entender como ele estende as suas nuvens, como ele troveja desde o seu pavilhão." Outra discussão sobre a chuva. Veja também o que diz Salmos 135:7: "Ele traz as nuvens desde os confins da terra; envia os relâmpagos que acompanham a chuva e faz que o vento saia dos seus depósitos." Essa é outra referência maravilhosa relativa à sequência de chuva e vapores que sobem ao céu para devolver a água às nuvens.

As órbitas fixas dos corpos celestiais fornecem outra observação científica na Bíblia. Jeremias 31:35-36 e o Salmo 19 discutem isso. Eu realmente acredito que, quanto mais você se aprofundar na Bíblia, mais encontrará coisas incríveis sobre as ciências que revelam a veracidade da Palavra de Deus. Você nunca precisa se envergonhar da Bíblia, e jamais encontrará um problema nela que não possa resolver de duas maneiras: ou analisando o restante das Escrituras e entendendo como interpretá-las ou compreendendo que você jamais entenderá o assunto até que encontre Deus. Existem coisas que nós não entendemos ou sabemos, mas jamais encontraremos um erro na Bíblia — nem mesmo em termos científicos.

Uma terceira observação científica diz respeito ao equilíbrio. Na geologia, existe um estudo chamado isostasia, um campo bem recente. A isostasia é o estudo do equilíbrio da terra, e ele afirma que são precisos pesos iguais para suportar pesos iguais. Por isso, a massa de terra precisa ser suportada por uma massa de água igual. No entanto, os cientistas não descobriram nada novo. Se voltarmos para Isaías, que não era cientista, mas simplesmente um profeta de Deus, encontramos isto: "Quem mediu as águas na concha da mão, ou com o palmo definiu os limites dos céus? Quem jamais calculou o peso da terra, ou pesou os montes na balança e as colinas nos seus pratos?" (Isaías 40:12). Deus já sabia tudo sobre isostasia. É simplesmente incrível quando você começa a estudar a Bíblia do ponto de vista científico.

Dizem que Herbert Spencer, que morreu em 1903, descobrira o maior fato sobre a categorização de todas as coisas no universo. Ele disse que tudo podia ser atribuído a estas cinco categorias: tempo, força, ação, espaço e matéria. O mundo o prestigiou como grande cientista, como grande homem da descoberta científica, mas essas cinco categorias já se encontram no primeiro versículo da Bíblia: "No princípio (tempo) Deus (força) criou (ação) os céus (espaço) e a terra (matéria)". Gênesis 1:1 nos mostra que, quando a Bíblia fala, o faz com precisão, por isso a ciência é uma boa maneira de demonstrar a autoridade e a validade das Escrituras.

3. Cristo

Além da experiência e da ciência, outra área de evidência incrível para a verdade da Bíblia é a vida de Cristo.

O próprio Jesus acreditava na autoridade da Bíblia. Em Mateus 5:18, ele diz: "Enquanto existirem céus e terra, de forma alguma desaparecerá da Lei a menor letra ou o menor traço, até que tudo se cumpra." Além do mais, ele demonstrou sua confiança na autoridade das Escrituras citando todas as partes do Antigo Testamento. Jesus acreditava na autoridade absoluta e inspirada da Palavra de Deus.

4. Milagres

A quarta área de prova de que a Bíblia é verdadeira é a dos milagres. A Bíblia é um livro divino porque inclui milagres, e isso prova que Deus estava envolvido. Ela tem de ser um livro sobrenatural por causa de todas as atividades sobrenaturais registradas nela. Alguém poderia dizer: "Bem, como é que você sabe que todos esses milagres são verdadeiros?" Porque as Escrituras falam dos milagres fornecendo informações que os comprovam. Por exemplo, quando Jesus ressuscitou dentre os mortos, mais de quinhentas pessoas o viram depois da ressurreição. Esse número de testemunhas convenceria qualquer jurado. A natureza milagrosa da Bíblia fala sobre Deus.

Então, a experiência, as ciências, o testemunho de Cristo e os milagres da Bíblia provam que as Escrituras são verdadeiras. Existe, porém, mais uma linha de evidências convincentes.

5. Profecia

Não há como explicar as previsões da Bíblia de acontecimentos históricos se Deus não for o Autor. Peter Stoner, um especialista em probabilidades matemáticas, escreveu em seu livro *Science Speaks* [A ciência tem a palavra] que, se você pegar apenas oito das profecias do Antigo Testamento que se cumpriram em Jesus e calcular as probabilidades de essas oito profecias se cumprirem por acaso, a probabilidade seria de um em 10^{17} que esse acaso ocorresse — e cada detalhe disso realmente aconteceu. Uma probabilidade de um em 10^{17} corresponderia a cobrir o estado de Texas com 70 centímetros de moedas de um dólar, marcar uma delas com um "x" e pedir a um homem cego que escolhesse uma moeda. Ele teria uma chance em 10^{17} de escolher a moeda marcada. Essa é a probabilidade de essas oito profecias (com seus detalhes específicos) ocorrerem por acaso. Isso é incrível. Quando a Bíblia faz uma profecia, ela está correta e contém literalmente centenas de profecias cumpridas.

Podemos, então, analisar a experiência, as ciências, Cristo, os milagres e as profecias cumpridas para ver que a Bíblia é verdadeira. É um livro incrível — o maior tesouro imaginável.

A Bíblia é a sagrada Palavra de Deus; é um recurso tremendo. Mas o cristão que nunca se aproxima dela com o compromisso intenso de estudá-la está abrindo mão de uma bênção formidável.

Certa vez, o estudioso bíblico Donald G. Barnhouse estava num voo lendo o livro de Romanos. Você poderia pensar que ele era o último homem na terra que precisasse ler o livro de Romanos, pois já havia escrito vários volumes sobre o livro. Mas ele estava lendo Romanos, e havia um seminarista sentado ao seu lado. O seminarista estava lendo a revista *Time* e ficou olhando para o homem ao lado porque achava que o reconhecia. Finalmente, o seminarista perguntou: "Senhor, não quero interrompê-lo, mas o senhor não é o dr. Donald Barnhouse?"

Quando o dr. Barnhouse confirmou a suspeita do jovem, o seminarista se abriu: "Dr. Barnhouse, o senhor é um professor maravilhoso das Escrituras. Eu queria conhecer a Bíblia tão bem quanto o senhor."

O dr. Barnhouse olhou para ele e disse: "Bem, você poderia começar largando essa revista e passando a ler a Bíblia." Essa parece uma resposta dura, mas ele está certo.

Lembro-me de um grande professor da Bíblia que foi abordado por um jovem: "Senhor, eu daria tudo para conhecer a Bíblia tão bem quanto o senhor." O professor o olhou e disse: "Muito bom, porque é exatamente esse o preço que terá de pagar." Você precisa entender quão preciosa é a dádiva da Bíblia. É o tesouro de Deus. Ela lhe dá poder para fazer o que você precisa nessa vida. Afastar-se dela é inconcebível.

Os benefícios de estudar a Palavra de Deus

Quero apresentar-lhe seis áreas de grande benefício, pois são essas as coisas que lhe servirão como motivação. Apresentarei as duas primeiras como encerramento deste capítulo e as quatro restantes no próximo.

Benefício número 1: A fonte da verdade

Em João 17:17b, Jesus orou ao Pai e disse: "Tua palavra é verdade." Isso é uma declaração e tanto, mas você entende o que significa ter a verdade? Muitas vezes, quando confronto as pessoas com Jesus Cristo, elas dizem: "Mas eu não sei qual é a verdade." Até Pilatos alcançou esse ponto em sua vida quando olhou para Jesus e disse: "O que é a verdade?" (João 18:38a). Muitas pessoas fazem a mesma pergunta; vivemos num mundo que está à procura da verdade.

Na década de 1980, as pessoas imprimiam quase 3 mil páginas de informações a cada minuto. A era digital de hoje produz tanto conteúdo que nenhuma organização consegue contá-lo. Uma coisa é certa — nossa sociedade está correndo atrás da verdade.

A Bíblia diz também que os humanos estão "sempre aprendendo, mas não conseguem nunca chegar ao conhecimento da verdade" (2Timóteo 3:7). Você sabe como é isso? Recordo-me de que quando estava no Ensino Médio eu tinha muitos problemas com álgebra. Eu passava horas em casa tentando resolver uma dessas questões bobas, e, então, voltava à escola no dia seguinte sem a solução, e isso era muito frustrante para mim. Mas você também já teve esse problema: já trabalhou em algo durante muito tempo sem nunca resolver o problema ou encontrar a solução. E é isso que acontece com as pessoas no mundo. Elas leem, estudam, pensam, refletem, ouvem, conversam e interagem, mas nunca alcançam a verdade autêntica. Nunca se contentam com nada, e a frustração é enorme.

Lembro-me de uma conversa com um homem que, de certa forma, havia se despedido da sociedade; ele simplesmente caiu fora e começou a usar drogas. Ele havia se formado na universidade de Boston, mas estava vivendo na floresta e dormia numa pequena barraca. Eu lhe perguntei: "O que o levou a fazer isso?"

Ele respondeu: "Bem, eu procurei tanto tempo pela resposta que finalmente decidi apagar minha mente com as drogas. Pelo menos, não preciso mais ficar fazendo essas perguntas." Esse é o desespero de jamais encontrar a verdade.

O escritor Franz Kafka forneceu uma ilustração maravilhosa sobre o ensino. Ele imaginou uma cidade bombardeada que consistia apenas em ruínas. Por toda parte havia pessoas sangrando e morrendo; havia fumaça e fogo — destruição total. Mas no centro da cidade havia uma torre de marfim que se erguia ao céu, branca, intocada pelas bombas. Então, apareceu uma figura solitária atravessando as ruínas. Quando chegou à torre alta e branca, ela entrou e subiu até o último andar. Entrou numa sala escura, e no fim dela havia uma pequena luz. O homem atravessou a escuridão até alcançar a luz, deu meia volta e foi até o banheiro. Lá, um homem com uma vara de pesca estava pescando na banheira. O estranho solitário perguntou: "Ei, o que está fazendo?"

O homem respondeu: "Estou pescando."

O estranho olhou para a banheira e disse: "Não há peixes na banheira. Não há nem mesmo água."

O homem disse: "Eu sei", e continuou pescando.

Kafka comentou: "Isso é *ensino superior*."

Veja bem, o homem perdera a verdade.

É fantástico entender — e às vezes acho que nós nos esquecemos disso — que sempre que abrimos a Bíblia, abrimos a verdade. Que legado incrível nos foi dado. Mas não podemos tê-lo como certo, e certamente não podemos deixá-lo largado num canto. Por isso, a primeira razão pela qual precisamos estudar a Palavra de Deus é que ela é a fonte da verdade. Jesus disse: "Se vocês permanecerem firmes na minha palavra, [...] conhecerão a verdade, e a verdade os libertará" (João 8:31b-32). O que ele queria dizer com isso? Como um homem que tenta resolver uma questão de matemática e encontra a solução, ele está livre. Como o cientista no laboratório que mistura várias soluções numa proveta e de repente exclama: "Eureca! Descobri!" — e está livre. A humanidade procurará, lutará e relutará com a verdade até a encontrar — e então as pessoas estarão verdadeiramente livres.

Uma razão para estudar a Bíblia é que a verdade está ali. A verdade sobre Deus; a verdade sobre o homem; a verdade sobre a vida; a verdade sobre a morte; a verdade sobre você e eu; a verdade sobre homens, mulheres, crianças, maridos, esposas, pais e mães; a verdade sobre amigos e inimigos; a verdade sobre como você deve se comportar no trabalho e em casa; até mesmo a verdade sobre como deve comer e beber, sobre como deve viver, sobre como deve pensar — a verdade está toda ali. Que recurso nós temos! Aproveite-a!

Benefício número 2: A fonte da felicidade

Uma segunda razão pela qual você vai querer estudar a Bíblia é que ela é a fonte da felicidade. Alguns preferem usar a palavra "alegria" ou "bênção", mas "felicidade" o expressa perfeitamente. A verdade está nela e ela nos traz felicidade. Salmos 19:8a diz: "Os preceitos do Senhor são justos, e dão alegria ao coração." Isso está falando apenas sobre os princípios das Escrituras. Quando você começa a estudar a Bíblia e aprende as grandes verdades contidas nela, ficará entusiasmado. Eu estudo muito a Bíblia porque estou ensinando e pregando a Palavra o tempo todo, mas eu a estudo também para mim mesmo, porque eu a amo tanto, e a alegria da descoberta das grandes verdades na Palavra de Deus jamais diminuiu. A maior excitação que experimentei em toda minha vida é o êxtase enorme que preenche meu coração quando consigo perscrutar uma verdade incrível da Palavra de Deus. Provérbios 8:34 diz: "Como é feliz o homem que me ouve." Jesus diz em Lucas 11:28: "Antes, felizes são aqueles que ouvem a palavra de Deus e lhe obedecem." Você quer ser uma pessoa feliz? Então obedeça à Palavra de Deus.

Eu não entendo como tantas pessoas sabem o que a Bíblia ensina, mas não a obedecem, abrindo, assim, mão da felicidade. Algumas pessoas dizem: "O livro de Apocalipse é tão difícil de entender. Eu estudo as outras coisas, mas não quero me envolver com o Apocalipse." Mas veja o que Apocalipse 1:3 diz: "Feliz aquele que lê as palavras desta profecia." Você quer ser feliz? Leia Apocalipse. Sim, para ser feliz, leia a Palavra de Deus e a obedeça. Amo 1João 1:4, que diz: "Escrevemos estas coisas para que a nossa alegria seja completa."

Há também aquela declaração maravilhosa do nosso Senhor no magnífico capítulo 15 de João, no qual ele se apresenta como Videira. No versículo 11, ele diz: "Tenho lhes dito estas palavras para que a minha alegria esteja em vocês e a alegria de vocês seja completa." Que pensamento incrível! — esta é a alegria das Escrituras.

Em Lucas 24, Jesus ressuscitou dentre os mortos e está a caminho de Emaús com dois discípulos que não o reconhecem (vv. 13-32). No versículo 24, eles dizem a Jesus: "Alguns dos nossos companheiros foram ao sepulcro e encontraram tudo exatamente como as mulheres tinham dito, mas não o viram. Ele lhes disse: 'Como vocês custam a entender e como demoram a crer em tudo o que os profetas falaram!'" Cristo está falando com eles, mas eles não sabem quem ele é. "Não devia o Cristo sofrer estas coisas, para entrar na sua glória?" Após sua ressurreição, ninguém sabia quem Cristo era até ele se revelar. "E começando por Moisés e todos os profetas, explicou-lhes o que constava a respeito dele em todas as Escrituras." Jesus lhes ensinou as Escrituras, e eles o ouviram. Então, enquanto estavam comendo, de repente entenderam: "Então os olhos deles foram abertos e o reconheceram, e ele desapareceu da vista deles." Então, eis estas palavras que eu amo: "Perguntaram-se um ao outro: 'Não estavam ardendo os nossos corações dentro de nós, enquanto ele nos falava no caminho e nos expunha as Escrituras?'" Quando Jesus expôs as Escrituras para eles, seus corações arderam.

Há alegria na Palavra de Deus quando você a obedece. Se você não praticá-la, não haverá alegria. No entanto, quero acrescentar também que Deus é benevolente. Ele não espera que sejamos capazes de observar cada princípio a cada instante sem que jamais vacilemos, mas isso é uma questão de postura do coração. Se seu coração estiver disposto a obedecer à Palavra, então ele preencherá sua vida com alegria. Conheço pessoas que querem conhecer a verdade e que querem ser felizes, especialmente aquelas entre nós que são cristãs. Portanto, não existe desculpa para não conhecermos a verdade e não vivermos uma vida cheia de êxtase e alegria — ela está ao nosso alcance bem aí, na Palavra de Deus.

Revisão

1. Por que a Bíblia é o único Livro para o homem vivo e para o homem moribundo?

2. Como podemos saber que a Bíblia é infalível em seus manuscritos originais?

3. Que palavra descreve que a Bíblia é verdadeira em suas partes?

4. Qual passagem da Bíblia testifica que ela é completa?

5. Por que a Bíblia exige obediência?

6. Cite alguns versículos que confirmam a autoridade da Bíblia.

7. Para quais coisas a Bíblia é suficiente? Explique.

8. As Escrituras são úteis para quê? Explique (2Timóteo 3:16).

9. De acordo com Tiago 1:21, o que a Palavra de Deus é capaz de fazer quando você a aceita?

10. O que Isaías 55:11 revela sobre a Bíblia?

11. Explique como a Bíblia é determinativa. Como os cristãos são capazes de entender a Palavra de Deus? Por que os não cristãos não podem entendê-la (1Coríntios 2:9-14)?

12. Explique como a experiência pode provar que a Bíblia é verdadeira. Qual é o ponto fraco de usar a experiência como prova?

13. Quais são as três áreas científicas que a Bíblia discute?

14. Como a Bíblia apoia o princípio científico da hidrologia (Isaías 55:10)?

15. O que é o estudo da isostasia? O que a Bíblia diz sobre isso (Isaías 40:12)?

16. Quais são as cinco categorias científicas clássicas que encontramos no primeiro versículo da Bíblia?

17. Como Jesus Cristo revelou sua confiança na autoridade das Escrituras?

18. Como podemos saber que todos os milagres registrados na Bíblia são verdadeiros?

19. Qual é a única maneira de explicar como a Bíblia prediz acontecimentos históricos com precisão?

20. Qual é o versículo bíblico que diz que a Palavra de Deus é a fonte da verdade?

21. O que Jesus quis dizer quando afirmou: "Se vocês permanecerem firmes na minha palavra, conhecerão a verdade, e a verdade os libertará" (João 8:31-32)?

22. Quais são algumas das verdades que encontramos na Bíblia?

23. Já que a Bíblia é a fonte da verdade, o que ela dá àquele que crê (Salmos 19:8)?

24. Como você pode ser uma pessoa feliz?

Reflexão

1. Leia 2Timóteo 3:16-17. Como a Bíblia tem sido útil para você ao ensinar-lhe a doutrina? De que maneira outros têm usado a Bíblia para repreendê-lo? De que formas os outros têm usado a Bíblia para corrigi-lo em sua caminhada espiritual? Como os outros têm usado a Bíblia para treiná-lo na justiça? Assim como os outros tiveram a oportunidade de usar a Bíblia para ajudá-lo em sua jornada para a perfeição, fique atento às oportunidades de ser usado por Deus da mesma forma na vida de outra pessoa.

2. Leia 1Coríntios 2:9-12. Como os cristãos são capazes de conhecer a verdade espiritual? Aproveite este momento para agradecer a Deus por sua salvação e pelo fato de que, por causa de sua salvação, você pode conhecer a verdade espiritual. Peça que ele lhe dê um entendimento maior da sua Palavra, mas, assim como você quer aprender mais sobre ele, ele quer um compromisso maior de sua parte para estudar sua Palavra. Assuma esse compromisso reservando um tempo específico todos os dias para estudar a Palavra de Deus.

3. Leia Salmos 19:7-11. Segundo esses versículos, quais são os benefícios da Palavra de Deus? Como cada um

desses benefícios tem se manifestado em sua vida? Seja específico. Quanto você deseja estudar a Palavra de Deus? Segundo o versículo 11, qual é o resultado de obedecer à Palavra de Deus? Como sua postura tem mudado com relação ao seu estudo da Bíblia a partir da leitura deste livro? Quais mudanças você realizará para aproveitar mais seu estudo bíblico?

2

O poder da Palavra na vida do cristão

SEGUNDA PARTE

No capítulo anterior, afirmamos que devemos estudar a Bíblia porque ela é a fonte de verdade e felicidade. Em Lucas 11:28, Jesus diz: "Felizes são aqueles que ouvem a palavra de Deus e lhe obedecem." Quando falamos sobre obedecer à Palavra de Deus, precisamos diferenciar entre dois tipos de obediência: a jurídica e a graciosa.

A obediência jurídica, ou talvez fosse melhor chamá-la de obediência legalista, pertence à "aliança das obras", à "aliança antiga" ou "aliança de Moisés". A obediência legalista exige uma obediência absoluta e perfeita sem qualquer falha (Gálatas 3:10). Se você errar, acabou. Um movimento errado, e você está perdido. Essa é a "aliança das obras", mas Deus nos dá a "aliança da graça".

A obediência graciosa pertence à postura amorosa, dadivosa, misericordiosa e perdoadora de Deus. A obediência legalista exige que você obedeça a cada regra, caso contrário, está perdido. A obediência graciosa diz que, se Deus reconhece em seu coração um espírito da graça, se ele vê uma disposição sincera, amorosa e humilde de obedecer, se ele identifica uma reação positiva à sua Palavra — apesar dos momentos em que falhamos —, ele nos considera obedientes. Mesmo que nossa obediência graciosa possa estar cheia de defeitos, o que Deus quer é a atitude correta. Isso é um princípio incrível e maravilhoso, e eu quero ilustrá-lo para você.

Um dos meus capítulos favoritos, João 21, ilustra vividamente várias verdades espirituais. Tudo gira em torno de Pedro, que fora pescar quando não devia. O Senhor já o tinha chamado para o ministério, mas quando ele e outros discípulos foram pescar e desobedeceram ao chamado do Senhor, não pegaram nada. Quando a manhã se aproximou, Jesus apareceu na praia e perguntou se eles haviam pescado algo. Pedro e todos os outros estavam de mãos vazias. Foi uma ótima lição para eles, porque Deus estava dizendo: "Se vocês acham que podem voltar para a pesca, estão errados. Vocês foram chamados para o ministério, portanto, sua pesca acabou. Eu sou capaz de desviar cada peixe em cada mar do qual vocês se aproximarem." Então, Jesus o chamou para o café da manhã.

O Senhor preparou o café da manhã, e imagino que ele o tenha feito da mesma forma como fazia tudo: "Café da manhã!" — e lá estava o café da manhã. Depois de comerem, o versículo 15 diz: "Jesus perguntou a Simão Pedro: 'Simão, filho de João, você me ama realmente mais do que estes?'" Que pergunta interessante. Jesus usou a palavra mais maravilhosa para "amor" na língua grega: *agapao*, da qual deriva a palavra *ágape*.

Em outras palavras, Jesus disse: "Você tem um grande amor por mim? Você me ama até o limite do amor?" Pedro respondeu: "Eu certamente gosto muito de você." Pedro usou uma palavra diferente que se referia a um amor inferior: *phileo*. E o Senhor disse: "Cuide dos meus cordeiros." Quando Jesus perguntou a Pedro pela segunda vez: "Você tem um grande amor por mim?", Pedro respondeu: "Bem, Senhor, gosto muito de você." Jesus disse: "Pastoreie minhas ovelhas" (v. 16). Sabe por que Pedro continuou a dizer: "Eu gosto muito de você" em vez de usar a palavra que Jesus usou? Simples. Sua vida não correspondia a essa expectativa. Ele sabia que se ele dissesse: "Senhor, eu tenho um grande amor por você", Jesus teria dito: "Ah, é por isso que você não obedece? Você se esqueceu de que, muito tempo atrás, eu lhe disse que, se me amasse, obedeceria aos meus mandamentos? Como você pode dizer que tem um grande amor por mim se nem faz o que eu lhe digo?" Pedro não cairia nessa armadilha, por isso, respondeu: "Gosto muito de você."

"Pela terceira vez, ele lhe disse: 'Simão, filho de João, você me ama?'" (v. 17). Jesus disse: "Pedro, você gosta muito de mim?" Essa doeu. Pedro achava que estava sendo justo; ele não alegaria ter um grande amor, mas Jesus questionou o amor que Pedro alegava ter. O versículo continua: "Pedro ficou magoado por Jesus lhe ter perguntado pela terceira vez 'Você me ama?' [Você gosta muito de mim?] e lhe disse: 'Senhor, sabe todas as coisas e sabe que gosto muito de você.'"

Ele apelou à doutrina da onisciência. Ele queria que Jesus lesse seu coração porque seu amor não era evidente em sua vida. A doutrina da onisciência é algo maravilhoso, mas, quando era garoto, eu a achava ruim; acreditava que Deus estava bisbilhotando a vida de todo mundo. Hoje eu sei que, se Deus não fosse onisciente, haveria muitos dias em que ele não saberia que eu o amo porque o amor nem sempre é evidente em minha vida. Por isso, Pedro diz: "Senhor, sabe todas as coisas e sabe que gosto muito de você."

E sabe o que o Senhor disse a Pedro? Ele olhou para esse discípulo que não conseguia nem mesmo reivindicar o amor supremo — que não conseguia nem mesmo obedecer; que não conseguia nem mesmo ficar acordado durante uma reunião de oração, que não perdia uma oportunidade de pisar na bola, que quase se afogou quando tinha a oportunidade de andar sobre a água, que queria convencer Jesus de não ir até a cruz, que pegou uma espada e tentou massacrar um exército romano — e Jesus disse ao apóstolo que havia perdido tantas oportunidades: "Você é o meu homem." Três vezes, ele disse: "Cuide dos meus cordeiros [...], pastoreie os meus cordeiros, [...] cuide das minhas ovelhas" (vv. 15-17).

Jesus viu a postura do coração de Pedro e sua disposição para obedecer, apesar de ele ter falhado tantas vezes. Deus nos usa sob a premissa da obediência graciosa — não da obediência legal. Ali estava um homem que havia desobedecido várias e várias vezes, mas em seu coração ele queria obedecer. O espírito estava disposto, mas a carne era fraca. O Senhor Jesus sabia disso, e é assim que Deus nos vê. Ele diz: "Minha Palavra é a fonte de alegria se você a obedecer, e se obedecer à minha Palavra, eu encherei sua vida de alegria." Não, ele não diz que, se você falhar um pouquinho e não cumprir uma única de suas regras, sua alegria acabará e sua miséria começará. O que ele diz é: "Se eu encontrar em seu coração a postura de um estilo de vida que demonstra um compromisso e um desejo de obedecer, ignorarei essas falhas." O que ele quer é esse compromisso profundo e sincero, e esta é a fonte da alegria.

Quando você estuda a Palavra e ouve o que ela diz, quando descobre seus princípios e os obedece porque seu coração quer obedecê-los, Deus derrama sua bênção e sua alegria. Mas se você manipular a obediência de todas as formas legalistas possíveis e, em seu coração, não quiser obedecer, ele nunca lhe dará a alegria. Praticar bons atos sem a postura certa do coração não conta.

Deixe-me mostrar a você o que estou tentando dizer. A Bíblia fala sobre tipos diferentes de frutos, e ela fala sobre o fruto do Espírito. Antes de haver fruto em sua vida, como a conquista de pessoas para Cristo, e para que o fruto exterior signifique qualquer coisa, ele precisa vir do fruto do Espírito no interior. Frutos de ação, coisas que você faz sem a postura correta, são mero legalismo — uma fé farisaica sem alegria. Por outro lado, se você tiver um coração de obediência com a postura correta, mesmo que você fracasse no mundo externo, Deus lhe dará alegria porque ele vê o espírito gracioso e obediente do seu coração. É isso que ele deseja.

Uma coisa que precisamos entender é que Deus não nos diz exatamente quando receberemos essa alegria — é possível que tenhamos de esperar um pouco. Em João 16, Jesus disse aos discípulos: "Partirei" (v. 16). Todos ficaram ali olhando o chão porque todos haviam largado seus empregos e seguido Jesus durante três anos. Então Jesus disse: "Em breve, eu os deixarei" (v. 17; paráfrase). Todos pensaram: *Espera aí* — nós nos juntamos a esse empreendimento acreditando que o Reino viria. Tem alguma coisa errada aqui. Estavam tão preocupados, que Jesus disse: "Digo-lhes que certamente vocês chorarão e se lamentarão, mas o mundo se alegrará. Vocês se entristecerão, mas a tristeza de vocês se transformará em alegria" (João

16:20). Em outras palavras: "Vocês precisam entender que, às vezes, precisa haver tristeza antes da alegria." Na verdade, se não conhecermos a tristeza, não reconheceremos a alegria quando ela vier. Se não conhecêssemos a dor, não conheceríamos o prazer.

Certa vez, li um artigo interessante que dizia que, em termos médicos, é impossível distinguir uma coceira de cócegas. No entanto, cócegas nos provocam risadas, e uma coceira é algo que irrita. A diferença entre dor e prazer pode ser uma linha muito tênue. Por exemplo: Às vezes, não há nada mais maravilhoso do que um banho quente, mas você precisa entrar na água com calma, por causa da dor: e então, de repente — ah! — a linha tênue entre dor e prazer. Se não conhecêssemos a dor, não conheceríamos a alegria que o prazer pode nos dar.

Eu costumava jogar futebol na faculdade. Durante toda a graduação, eu me deparei com essa linha tênue entre dor e prazer. Você tortura seu corpo como um louco e sente dor, mas, ao mesmo tempo, ama aquilo com um tipo de prazer perverso.

Acredito que uma das razões pelas quais Deus permite tristeza em nossa vida é para que reconheçamos quando a alegria vem. Se obedecermos à Palavra de Deus, ele nos dará essa alegria. Talvez não no momento em que a queremos, mas sempre quando necessitamos dela. Não importa o que aconteça na minha vida em termos externos e circunstanciais, quando eu estudo a Palavra de Deus, sinto um êxtase e uma alegria que não são afetados por nenhuma circunstância.

Por que, então, devemos estudar a Bíblia? No capítulo anterior, aprendemos que ela é a fonte da verdade. Em segundo lugar, é a fonte da alegria. Mas estes não são os únicos benefícios. Precisamos entender esses benefícios separados da obediência legal.

Benefício número 3: A fonte da vitória

Uma terceira força motivadora e a terceira razão para estudar a Bíblia é que a Palavra é a fonte da vitória. Eu perco muito, mas não gosto de perder. Penso que, se você vai fazer algo, tem de fazer com o objetivo de ganhar. Quando eu era jovem, algumas vezes meu pai costumava dizer o seguinte: "Ouça bem, Johnny, se for fazer algo, faça da melhor forma possível, faça-o usando todas as suas habilidades, caso contrário, é melhor não fazer." Foi assim que eu cresci, sempre buscando a excelência.

Vejo isso também na minha vida cristã. Não gosto de oferecer chances ao adversário. Não gosto de lhe dar vantagens, como Paulo diz em 2Coríntios 2:11. Não gosto de ver um Satanás vitorioso; não gosto quando o mundo me domina; não gosto quando a carne é mais forte do que o espírito — eu quero vencer.

Lembro-me de como nosso treinador de futebol Knute Rockne (o lendário treinador do time de futebol da universidade de Notre Dame) nos dava seu típico sermão: "Vocês não podem ser derrotados se não forem derrotados." Deveríamos pensar assim como cristãos. Não existe motivo de ceder ao inimigo, pois, ao estudar a Bíblia, você descobrirá que a Palavra de Deus se transforma em fonte de vitória.

Faríamos bem em lembrar daquilo que Davi disse: "Guardei no coração a tua palavra para não pecar contra ti" (Salmos 119:11). A Palavra é, então, a fonte de vitória sobre o pecado. Na medida em que absorvemos a Palavra de Deus, ela se transforma no recurso que o Espírito Santo usa para nos guiar. Não temos como nos proteger da tentação do pecado, a não ser que impregnemos nossa mente consciente com a Palavra de Deus. Deixe-me explicar-lhe algo fundamental: Jamais conseguimos funcionar de acordo com algo que não sabemos. Jamais seremos capazes de aplicar uma verdade ou um princípio que não descobrimos. Assim, na medida em que alimentamos nossa mente com a Palavra de Deus, ela se transforma no recurso por meio do qual o Espírito de Deus nos orienta e guia. Vejamos agora alguns exemplos específicos da eficácia da Palavra.

Vitória sobre Satanás (Mateus 4:1-11)

Mateus 4 fornece uma ilustração clássica quanto a enfrentar Satanás com a Palavra de Deus. No versículo 1 lemos: "Então Jesus foi levado pelo Espírito ao deserto, para ser tentado pelo Diabo." A palavra grega *peirasmos* pode significar "tentação" ou "teste". É uma palavra neutra que pode conotar algo bom ou algo ruim. Do ponto de vista de Satanás, ele queria que fosse algo ruim; do ponto de vista de Deus, ele sabia que seria algo bom. Assim, o Espírito Santo o levou para o deserto, sabendo que ele passaria no teste, mas Satanás estava esperando por ele, esperando que ele falhasse.

No versículo 2, nós lemos: "Depois de jejuar quarenta dias e quarenta noites, teve fome." Isso não é nenhuma surpresa, mas é interessante lembrar que Jesus era um ser humano perfeito, sem pecado; portanto, seu corpo possuía poderes além de qualquer coisa que jamais poderíamos experimentar. É realmente incrível que ele só tenha sentido aquelas agulhadas da fome no final dos quarenta dias.

Então, "o tentador aproximou-se dele e disse: 'Se você é o Filho de Deus, mande que estas pedras se transformem em pães.'" O que Satanás realmente disse a Jesus foi: "Olha, você é o Filho de Deus. Você merece coisa melhor do que isso. O que você está fazendo aqui nesse deserto horrível? O que está fazendo aqui, morrendo de fome? Você é o Filho de Deus, está sofrendo à toa, faça um pouco de pão. Você merece." O Diabo estava tentando Jesus a desobedecer ao plano de Deus — a ir atrás de sua satisfação pessoal. Estava dizendo: "Faça o que quiser — não dependa de Deus; ele não satisfez a sua necessidade."

Satanás estava tentando Jesus para que este desconfiasse dos cuidados de Deus. "Jesus respondeu: 'Está escrito: 'Nem só de pão viverá o homem, mas de toda palavra que procede da boca de Deus.'" O Senhor citou Deuteronômio 8:3. Em outras palavras, o que ele disse foi: "Deus prometeu que cuidaria de mim, por isso confio nessa promessa e jamais usarei meus poderes para violar a promessa dele." Jesus respondeu à tentação de Satanás com a Palavra de Deus.

No versículo 5, nós lemos: "Então o Diabo o levou à cidade santa [Jerusalém], colocou-o na parte mais alta do templo." Tratava-se, provavelmente, da torre que se elevava sobre o vale de Hinom, cem metros acima do solo. Satanás disse: "Joga-te daqui para baixo." E então citou as Escrituras: "Ele dará ordens a seus anjos a seu respeito, e com as mãos eles o segurarão, para que você não tropece em alguma pedra.'" Disse: "Se você quiser confiar em Deus, se você crê em Deus, bem, por que não acredita realmente nele e pula daqui de cabeça para ver se ele realmente cumpre sua palavra?"

No entanto, "Jesus lhe respondeu: 'Também está escrito: 'Não ponha à prova o Senhor, o seu Deus'" (v. 7). Em outras palavras: "Não desafie Deus." Quando você acredita que Deus cuidará de você numa viagem, não se deita na estrada. Existe uma grande diferença entre confiança e provocação.

Então, Satanás levou Jesus para o alto de uma montanha e lhe mostrou os reinos do mundo. Disse: "'Tudo isto lhe darei, se você se prostrar e me adorar'. Jesus lhe disse: 'Retire-se, Satanás! Pois está escrito: 'Adore o Senhor, o seu Deus e só a ele preste culto.' Então o Diabo o deixou, e anjos vieram e o serviram" (vv. 9-11). Deus cumpriu todas as suas promessas.

A essência é: Jesus respondeu à tentação três vezes, e, em todas, ele citou diretamente o Antigo Testamento. Como cristãos, é o conhecimento da verdade bíblica que nos capacita a derrotar Satanás. Não podemos fazer isso sozinhos. Jesus triunfou sobre o Diabo por meio da Palavra de Deus — ela é a fonte da vitória. Mas é simplesmente incrível que as pessoas ainda acreditem que possam discutir com Satanás baseando-se em sua própria lógica. Não funciona. Apenas a Palavra de Deus nos dá a vitória.

Vitória sobre demônios (Lucas 4:33-36)
Lucas 4 nos dá outra ilustração interessante, a começar pelo versículo 33:

> Na sinagoga havia um homem possesso de um demônio, de um espírito imundo. Ele gritou com toda a força: "Ah! que queres conosco, Jesus de Nazaré? Vieste para nos destruir? Sei quem tu és: o Santo de Deus!" Jesus o repreendeu, e disse: "Cale-se e saia dele!" Então

o demônio jogou o homem no chão diante de todos, e saiu dele sem o ferir. Todos ficaram admirados, e diziam uns aos outros: "Que palavra é esta? Até aos espíritos imundos ele dá ordens com autoridade e poder, e eles saem!"

Mais uma vez, Jesus estabeleceu sua autoridade e seu poder sobre Satanás por intermédio de sua Palavra. Com uma única palavra, ele expulsou uma legião de demônios. As pessoas reconheceram que Jesus falava com autoridade, não como os escribas e fariseus. A Palavra de Jesus Cristo é absolutamente autoritativa. Então, se você conhecer a Palavra de Deus, conhecerá também a vitória.

Vitória sobre a tentação (Efésios 6:17)

Efésios 6 — em que Paulo discute a armadura do cristão — termina com uma peça maravilhosa da armadura: "Usem o capacete da salvação e a espada do Espírito, que é a palavra de Deus." Ele diz que a última peça da armadura é "a espada do Espírito, que é a palavra de Deus." Quando imaginamos uma espada, pensamos normalmente numa lâmina longa manuseada por uma pessoa. A palavra grega para esse tipo de espada é *rhomphaia*. Mas a palavra grega usada aqui é *machaira*, que se refere a um punhal mais curto. A espada do Espírito não é, portanto, uma espada enorme com a qual você tenta decepar a cabeça de um demônio. Não é algo que você usa descon-

troladamente. A espada do Espírito é uma *machaira* —
é um punhal; é penetrante; ele precisa acertar um ponto
vulnerável, caso contrário, não causa qualquer dano. A
espada do Espírito não é algo geral, mas uma arma espiritual muito específica.

Além do mais, a palavra grega usada para "palavra" neste versículo não é *logos*. *Logos* é uma palavra geral: a Bíblia
é o *logos*; Cristo é o *logos*; ou uma "palavra" geral é *logos*.
Quando o Novo Testamento quer se referir a algo específico, ele usa a palavra *rhema*. Aqui, isso significa "uma
declaração específica". Portanto, a espada do Espírito é
uma declaração específica da Palavra de Deus que acer-
ta o ponto específico da tentação. Alguns talvez digam:
"Bem, eu tenho a espada do Espírito — sou dono de uma
Bíblia." Mas você poderia ser dono de um depósito cheio
de Bíblias e mesmo assim não ter a espada do Espírito.

Ter a espada do Espírito nada tem a ver com possuir uma
Bíblia; significa conhecer o princípio específico na Bíblia que
se aplica ao ponto específico da tentação. A única maneira
em que o cristão pode experimentar a vitória na vida cristã é conhecendo os princípios da Palavra de Deus para
que ele possa aplicá-los aos pontos específicos em que
Satanás, o mundo e a carne atacam. Na medida em que
o cristão se impregna com a Palavra de Deus, ela se transforma em fonte da vitória. Não podemos levar uma vida
cristã sem estudar a Bíblia. Ela é a fonte da verdade, da
alegria e da vitória.

Benefício número 4: A fonte do crescimento

A Bíblia é benéfica também como fonte de crescimento. É triste ver cristãos que não crescem espiritualmente. A razão pela qual não crescem é eles não estudam a Palavra. Podem frequentar a igreja, mas eles entram na igreja com um dedal, enchem-no e o derramam nos degraus da igreja quando voltam para casa. Nada acontece, e isso é triste. Pedro disse em 1Pedro 2:2: "Como crianças recém--nascidas, desejem de coração o leite espiritual puro, para que por meio dele cresçam." Em outras palavras, a Palavra de Deus é a fonte de crescimento.

Quando eu era um cristão mais jovem e frequentava a faculdade, envolvi-me em todos os tipos de atividade, por isso não cresci muito. No entanto, quando entrei no seminário e senti o gosto da Palavra de Deus, descobri que meu desejo pela Palavra era tão forte que quase não conseguia suportá-lo. Eu tinha esse desejo enorme de crescer, e percebi que isso só aconteceria de uma única maneira — eu precisava estudar a Palavra de Deus. Meu crescimento estava diretamente relacionado ao tempo e esforço que eu gastava no estudo das Escrituras.

Analisemos então alguns aspectos específicos desse crescimento.

Pré-requisitos para o crescimento

Um primeiro pré-requisito para o crescimento é a santificação. É interessante observar como, em 1Pedro 2:1, precisamos primeiro criar algum fundamento: "Livrem-se, pois, de toda maldade [*kakia*, em grego: 'mal no sentido geral'] e de todo engano [a mesma palavra grega é usada também para 'anzol'], hipocrisia, inveja e toda espécie de maledicência." Em outras palavras, precisamos nos livrar de todas as coisas más, confessar nossos pecados, endireitar nossa vida e ter um desejo profundo pela Palavra — então começamos a crescer. Quanto mais crescemos, mais excitante a jornada se torna. A Palavra é uma fonte da vida que nos ajuda a amadurecer e nos fortalecer; então, seremos capazes de derrotar Satanás, e também aprenderemos mais sobre Deus e seu caráter. Somos enriquecidos de todas as maneiras possíveis.

Além disso, precisamos estudar. Em João 6:63b, Jesus diz: "As palavras que eu lhes disse são espírito e vida." Jeremias disse: "As tuas palavras foram encontradas, e eu as comi" (15:16a). É isso que eu chamo de alimentar-se com a Palavra de Deus! Tiago 1:18a diz: "Por sua decisão ele nos gerou pela palavra da verdade." A Palavra doa, sustenta e constrói a vida. É um alimento incrível. 1Timóteo 4:6 afirma: "Se você transmitir essas instruções aos irmãos, será um bom ministro de Cristo Jesus, nutrido com as verdades da fé." Portanto, a Palavra nos nutre, nos alimenta e nos faz crescer.

Padrões de crescimento (1João 2:13-14)

Deus quer que amadureçamos; ele quer nos edificar; ele quer que sejamos fortes. Em 1João 2:13, encontramos o padrão de crescimento: "Pais, eu lhes escrevo porque vocês conhecem aquele que é desde o princípio. Jovens, eu lhes escrevo porque venceram o Maligno. Filhinhos, eu lhes escrevi porque vocês conhecem o Pai." Estas são as três categorias do crescimento espiritual — não se trata de filhinhos, jovens e pais no sentido literal. João está falando sobre três *níveis* de crescimento espiritual.

Todos nós começamos como crianças pequenas — conhecemos o Pai. Isso é linguajar de criança espiritual. Você não sabe muito quando se converte, mas sabe que Jesus o ama porque a Bíblia o diz. Então, percebe que Deus é seu Pai, e isso é maravilhoso, mas você não é tão maduro espiritualmente. Você não quer ficar nesse nível; isso seria triste. Você quer alcançar o segundo nível.

Qual é a característica do homem jovem? Ele venceu — observe o tempo verbal — o Maligno. Quem é o Maligno? Satanás. "Você está me dizendo que eu posso chegar ao ponto de vencer Satanás?" É isso mesmo.

Como? O versículo 14 diz: "Pais, eu lhes escrevi porque vocês conhecem aquele que é desde o princípio. Jovens, eu lhes escrevi, porque vocês são fortes, e em vocês a Palavra de Deus permanece e vocês venceram o Maligno." Para vencer Satanás, você precisa ser forte, e existe apenas uma maneira — quando a Palavra de

Deus permanece em você. Você sabe o que é um homem jovem espiritual? É alguém que realmente conhece a Palavra.

A razão pela qual eu digo isso é: de acordo com 2Coríntios 11:14, Satanás vem disfarçado de anjo da luz. Creio que ele gasta 99% de seu tempo em sistemas religiosos falsos. Creio que a carne dá conta da maioria dos problemas que temos com bares, prostituição, crimes, desejos do mundo e todo o resto desses males. Gálatas 5:19-21 apresenta uma lista das obras da carne. Não acredito que Satanás esteja preocupado em importunar-nos com cada pecado. Creio que ele esteja desenvolvendo sistemas globais do mal. O Diabo se apresenta como anjo de luz, e seus servos demoníacos se apresentam do mesmo modo enquanto ele opera em religiões falsas.

Um jovem espiritual é uma pessoa que vence Satanás porque ele sabe o bastante sobre a Palavra de Deus para não deixar se seduzir pela religião falsa. Esta o irrita. Segundo Efésios 4:14, a característica de uma criança espiritual é que ela é "levada de um lado para outro pelas ondas, jogada para cá e para lá por todo vento de doutrina". Bebês espirituais têm dificuldades com doutrinas falsas. Jovens espirituais são pessoas que conhecem a Bíblia e sua doutrina, por isso a doutrina falsa de Satanás não os atrai.

Em 1João 2:13a, João diz: "Pais, eu lhes escrevo porque vocês conhecem aquele que é desde o princípio." Sabe quem são os pais? São aqueles que foram além. Eles não só conhecem a doutrina, como também têm conhecimento profundo do Deus por trás da doutrina.

Esses são os três passos do progresso do crescimento espiritual. Começamos como bebês e, à medida que nos alimentamos da Palavra de Deus, nos fortalecemos. Nunca superamos totalmente a carne, mas podemos superar o mundo; a nossa fé nos capacita para isso (1João 5:4). A carne sempre será um problema, mas podemos ter a alegria de vencer os sistemas religiosos falsos de Satanás. Eu sei dizer exatamente quando um homem ou uma mulher passa a ser um jovem espiritual. Todos eles chegam ao ponto em que a religião falsa os irrita, por isso, querem se manifestar e se opor aos movimentos de religião falsa. À medida que amadurecem, não se preocupam tanto em lutar contra religiões alternativas — começam a descobrir quem Deus é. Começam a sondar as profundezas da mente do Deus eterno e a ser um pai espiritual que caminha na presença do Santo. Esse é o objetivo do nosso crescimento.

Você engana a si mesmo se permanecer bebê, engana a si mesmo se permanecer um jovem espiritual que nada conhece além da doutrina. Você precisa se esforçar para alcançar o ponto em que começa a caminhar na presença do Deus do universo, quando começa a tocar a Pessoa dele — esse é o objetivo último do crescimento.

Benefício número 5: A fonte do poder

Precisamos estudar a Palavra de Deus porque ela é a fonte do poder. É a Palavra de Deus que nos concede poder espiritual. Não há nada pior do que o sentimento de ser um cristão impotente. Lemos em Atos 1:8a: "Mas receberão poder." A palavra grega para "poder" é *dunamis*, que significa "poder milagroso" (é a origem da nossa palavra "dinamite"). Alguns poderiam dizer que deveríamos estar explodindo por toda parte do mundo com esse poder todo. Mas você diz a si mesmo: "Explodir? Eu nem sinto calor! Sinto-me um fracasso." Outros talvez dissessem que deveríamos estar nas ruas conquistando pessoas para Cristo. Mas você diz: "Você só pode estar brincando. Eu não. Eu sou como Moisés. N-n-n-não sei falar" (veja Êxodo 3:10-11).

Às vezes, nos perdemos em nossas incapacidades porque não conhecemos o poder que está à nossa disposição. A Palavra de Deus nos infundirá com poder. Em minha vida, aprendi que, quanto mais eu souber da Palavra de Deus, menos temerei qualquer situação, pois a Palavra é o meu recurso. Na verdade, vejamos algumas passagens bíblicas para perceberrmos como a Bíblia é um recurso de poder.

Hebreus 4:12: "Pois a palavra de Deus é viva e eficaz, e mais afiada que qualquer espada de dois gumes; ela penetra até o ponto de dividir alma e espírito, juntas e medulas, e julga os pensamentos e intenções do coração." Quando você abre a Bíblia e a lê, ela penetrará nas profundezas do seu ser. A Bíblia é um livro poderoso!

Romanos 1:16: O apóstolo Paulo disse: "Não me envergonho do evangelho, porque é o poder de Deus para a salvação de todo aquele que crê." Quando você compartilha o evangelho com alguém, pode ver seu poder à medida que ele destrói cada pedacinho de filosofia falsa construída ao longo dos anos.

Efésios 4:23: "a serem renovados no modo de pensar [...]" Nosso pensamento mudará.

2Coríntios 3:18: "E todos nós, que com a face descoberta contemplamos a glória do Senhor, segundo a sua imagem estamos sendo transformados com glória cada vez maior, a qual vem do Senhor, que é o Espírito." Quando voltamos nosso foco para a Palavra de Deus, o poder que ela terá em nossa vida é incrível. Quando meditamos nela, seu poder nos preenche. É como a expressão *garbage in garbage out* (entra lixo, sai lixo) utilizada para computadores: aquilo com o qual nós o alimentamos é aquilo que ele devolverá. Quando nos alimentamos com a Palavra de Deus, ela voltará para a nossa vida. É a nossa fonte de energia.

Efésios 1:3—3:20: Nos três primeiros capítulos de Efésios, o apóstolo Paulo menciona várias coisas que ele quer que nós saibamos. São capítulos repletos de teologia e algumas verdades maravilhosas:

"Deus [...] que nos abençoou com todas as bênçãos espirituais nas regiões celestiais em Cristo" (1:3b).

"Em amor nos predestinou para sermos adotados como filhos" (1:5).

"Nele temos a redenção" (1:7a).

"Nele temos [...] o perdão dos pecados" (1:7b).

Recebemos "toda a sabedoria e entendimento" (1:8).

Recebemos o conhecimento de todos os tempos para conhecer o plano eterno de Deus (1:9-10).

Fomos "selados com o Espírito Santo da promessa" (1:13).

Temos o Espírito Santo "que é a garantia da nossa herança" (1:14).

Cristo "destruiu a barreira, o muro de inimizade" (2:14).

Nós nos reconciliamos "com Deus em um corpo, por meio da cruz" (2:16).

Somos "concidadãos dos santos e membros da família de Deus" (2:19).

Fomos "juntamente edificados, para nos tornarmos morada de Deus por seu Espírito" (2:22).

Temos "as insondáveis riquezas de Cristo" (3:8).

Fomos feitos para "esclarecer a todos a administração deste mistério que, durante as épocas passadas, foi mantido oculto em Deus" (3:9).

Todas essas riquezas incríveis são nossas, e Paulo quer que nós as conheçamos. Ele diz no capítulo 1:17-18 que ele orou a Deus para que "lhes dê espírito de sabedoria e de revelação, no pleno conhecimento dele. Oro também para que os olhos do coração de vocês sejam iluminados, a fim de que vocês conheçam [...] as riquezas da gloriosa herança dele nos santos." O que ele diz é que, se você aprender essas verdades, entenderá também a verdade daquilo que ele diz em Efésios 3:20: "Àquele que é capaz de fazer infinitamente mais do que tudo o que pedimos ou pensamos, de acordo com o seu poder que atua em nós." Você consegue enxergar os recursos? Já imaginou poder fazer tudo que imaginar? Já pensou que pode fazer mais do que você imaginou? Você pensou no fato de que pode fazer extremamente, abundantemente, infinitamente mais do que imaginou? Isso é muito poder, não é? Sinceramente, não faz sentido perambular por aí com uma perna manca se você dispuser de tais recursos. Quando você se alimenta da Palavra de Deus, seu efeito é poderoso. Transforma a sua vida numa fonte de energia que consegue enfrentar qualquer um, em qualquer momento, com a verdade.

Portanto, devemos estudar a Palavra de Deus porque ela é a fonte da verdade, a fonte da felicidade, a fonte da vitória, a fonte do crescimento e a fonte do poder. Existe, porém, mais um benefício importante quando você estuda a Palavra de Deus.

Benefício número 6: A fonte de orientação

Devemos estudar a Bíblia porque ela é também a fonte de orientação. Sempre que quero saber o que Deus quer que eu faça, estudo a Palavra. Algumas pessoas dizem: "Estou buscando a vontade de Deus." Acaso a vontade de Deus está *perdida*? Elas acham que Deus é o coelho da Páscoa celestial que esconde sua vontade no mato da terra e então fica sentado no céu dizendo aos cristãos: "Está ficando quente, mais quente" ou "Está ficando mais frio." Isso não é verdade. É fácil encontrar a vontade de Deus; está bem aí no livro dele. Quando estudamos a Bíblia, nos deparamos o tempo todo com a expressão: "Esta é a vontade de Deus."

Portanto, podemos saber a vontade de Deus estudando a sua Palavra. O que diz Salmos 119:105? "A tua palavra é lâmpada que ilumina os meus passos e luz que clareia o meu caminho." Isso é bem simples — a Palavra é um guia. Se eu tiver de tomar uma decisão, encontro a passagem na Bíblia em que alguém no Antigo ou Novo Testamento enfrentava uma decisão semelhante, e tento entender como Deus orientou essa pessoa. Ou procuro um texto na Bíblia que me dá uma resposta direta.

Mas existe aqui também um elemento subjetivo: como cristãos, temos o Espírito Santo (Romanos 8:9). 1João 2:27 diz: "Quanto a vocês, a unção que receberam dele permanece em vocês, e não precisam que alguém os ensine; mas, como a unção dele recebida, que é verdadeira

e não falsa, os ensina acerca de todas as coisas." Quando
você estuda a Bíblia, o Espírito Santo dentro de você toma
a Palavra de Deus e faz a aplicação pessoal que o orientará.
Isso é uma combinação extraordinária — ter a verdade e
aquele que o instrui na verdade residindo dentro de você.
É essa combinação que guia o cristão. O que aprendemos?
Existem grande benefícios no estudo da Bíblia. É a fonte
da verdade, da felicidade, da vitória, do crescimento, do
poder e da orientação.

Se isso for realmente verdade, se a Bíblia realmente fizer todas essas coisas, como então devemos reagir? Quero
apresentar-lhe algumas aplicações para a sua reflexão.

1. Acredite nela

Se a Bíblia diz, acredite. Certa vez, Jesus disse aos Doze:
"Vocês também não querem ir?' Simão Pedro lhe respondeu: 'Senhor, para quem iremos? Tu tens as palavras de
vida eterna'" (João 6:67-68). Pedro disse: "Você não conseguirá se livrar de mim. Eu encontrei a fonte da verdade." Se
a Palavra de Deus é verdadeira, aguente firme — acredite.

2. Honre-a

Se esta é a Palavra de Deus, você deve honrá-la. Em Jó
23:12b, há uma declaração maravilhosa de Jó. Ele diz: "Dei
mais valor às palavras de sua boca, do que ao meu pão de
cada dia." Se a Bíblia é a Palavra de Deus — e ela fará tudo
que acabamos de dizer sobre ela — então acredite nela e

honre-a. Na verdade, em Salmos 138:2b, o salmista diz: "pois exaltaste acima de todas as coisas o teu nome e a tua palavra." Isso não é incrível? Deus honra a Palavra.

Em Éfeso, os cidadãos adoravam a deusa Diana. As pessoas imaginam Diana como uma mulher estilosa, linda e jovem, mas ela era uma fera feia e sombria, uma das criaturas mais grotescas jamais vistas. Mas eles adoravam esse ídolo constantemente, pois havia uma lenda que dizia que ela havia caído do céu, por isso as pessoas a adoravam. Deixe-me dizer-lhe algo sobre a Bíblia — ela *veio* do céu, mas a estátua, *não*. Portanto, acredite na Bíblia e honre-a.

3. *Ame-a*

Se a Bíblia toda é verdadeira, então devemos amá-la. O salmista exclamou: "Como eu amo a tua lei!" (Salmos 119:97). E adoro o que a Bíblia diz em Salmos 19:10, ao falar sobre os estatutos do Senhor: "São mais desejáveis do que o ouro, do que muito ouro puro; são mais doces do que o mel, do que as gotas do favo." Na verdade, os versículos 7-10 do Salmo 19 compõem uma das passagens mais lindas das Escrituras. Portanto, se a Bíblia o diz, acredite, honre e ame-a.

4. *Obedeça-lhe*

Já comentamos isso anteriormente, mas, se a Bíblia é verdadeira, devemos obedecê-la. Siga a admoestação de 1João 2:5a: "Mas, se alguém obedece à sua palavra, nele verdadeiramente o amor de Deus está aperfeiçoado." Se ela é tudo o que reivindica ser, devemos acreditar nela, honrá-la, amá-la e obedecê-la custe o que custar. É interessante ver o que diz Romanos 6:16a: "Não sabem que, quando vocês se oferecem a alguém para lhe obedecer como escravos, tornam-se escravos daquele a quem obedecem?" Se você se considerar servo de Deus, o obedecerá.

5. Lute por ela

Se a Bíblia é realmente verdadeira — lute por ela! Judas 3 diz: "Batalhem pela fé." "Fé" significa "o corpo da verdade revelada". A expressão grega para "batalhar" é *epagonizomai*, da qual provém a palavra "agonizar". Agonize por ela; empenhe-se na batalha para defender a Palavra de Deus. Se ela é realmente verdadeira, se ela realmente faz o que afirma fazer, acredite nela, honre e ame-a, obedeça--lhe e lute por ela.

6. Pregue-a

Em 2Timóteo 4:2a, Paulo diz simplesmente: "Pregue a palavra." Se ela é realmente verdadeira — pregue-a. Por isso, se quisermos acreditar nela, honrá-la e amá-la, obedecê-la, lutar por ela e pregá-la, precisamos:

7. Estude-a

Paulo diz a Timóteo em 2Timóteo 2:15: "Procure apresentar-se a Deus aprovado, como obreiro que não tem do que se envergonhar, que maneja corretamente a palavra da verdade." "Manejar corretamente" significa "cortar em linha reta". Estude-a para que você possa interpretá-la adequadamente.

Paulo estava usando a linguagem do fazedor de tendas. Esse artesão fazia a tenda de muitas peles de animais diferentes e precisava pegar cada uma dessas peles e cortar corretamente para depois costurá-las. Se ele não cortasse as peças corretamente, as partes não se encaixariam num todo. Em outras palavras, Paulo estava dizendo que você não pode ter teologia sem exegese. Você não pode ter a teologia verdadeira do cristianismo se não interpretar corretamente os versículos — e isso exige estudo.

Charles Spurgeon disse que cada cristão deveria estudar a Bíblia até seu sangue se tornar "biblino". Sabe o que diziam sobre Apolo? No Novo Testamento, as pessoas o elogiavam dizendo que ele "tinha grande conhecimento das Escrituras" (Atos 18:24). Minha oração é que você estude a Palavra de Deus, a proclame, lute por ela, a obedeça, a ame, a honre e acredite nela.

Revisão

1. Quais são os dois tipos de obediência? Explique as diferenças entre eles.
2. Por que Pedro não deveria ter ido pescar em João 21:3? Qual foi a lição que Deus lhe ensinou quando não conseguiu pescar um peixe sequer?
3. Quando Jesus questionou o amor que Pedro tinha por ele, por que Pedro não usou a mesma palavra que Jesus usou quando lhe disse que o amava (João 21:15-17)?
4. A que Pedro apelou para provar a Cristo que ele o amava? Explique.
5. Com que base Jesus aceitou o compromisso amoroso de Pedro?
6. Quando é que Deus derrama sua bênção e sua alegria sobre o cristão?
7. Como se chama o fruto da ação sem o fruto de postura correta?
8. Por que é importante que o cristão experimente a tristeza?
9. A Palavra de Deus dá vitória ao cristão sobre o quê? Como ela nos dá vitória?
10. Por que a tentação de Satanás era um teste aos olhos de Deus? Por que Satanás a viu como tentação (Mateus 4:1)?

11. Como Satanás tentou Jesus em Mateus 4:3? E como Jesus respondeu (Mateus 4:4)?

12. Como Satanás tentou Jesus em Mateus 4:5-6? E como Jesus respondeu (Mateus 4:7)?

13. Como Jesus foi capaz de expulsar uma legião de demônios em Lucas 4:33-36?

14. Em que sentido a Palavra de Deus é como uma espada?

15. Qual é o único caminho para que o cristão experimente vitória em sua vida?

16. Por que alguns cristãos não crescem espiritualmente?

17. Quais são os dois pré-requisitos para o crescimento espiritual? Explique cada um.

18. Qual é o padrão de crescimento esboçado em 1João 2:13-14?

19. O que o cristão compreende quando ele se encontra no primeiro nível de crescimento espiritual?

20. Qual é a característica do cristão no segundo nível de crescimento espiritual?

21. O que Satanás faz durante a maior parte do tempo (2Coríntios 4:4)?

22. Qual é a característica do cristão no terceiro nível de crescimento espiritual?

23. Quais são alguns dos versículos que mostram como a Bíblia é um recurso de poder?

24. Quais são algumas das riquezas que Deus prometeu aos cristãos (Efésios 1:3—3:12)? O que acontece quando aprendemos essas verdades?

25. Como a Bíblia é capaz de orientar o cristão na vontade de Deus?

26. Já que a Bíblia é a fonte da verdade, da felicidade, da vitória, do crescimento, do poder e da orientação, como os cristãos devem reagir a isso? Explique cada ordem.

27. Segundo 2Timóteo 2:15, por que precisamos estudar a Bíblia?

REFLEXÃO

1. Quando Deus olha seu coração, o que ele vê? Ele o vê obedecendo-o, mas sem querer obedecê-lo? Ou ele vê que você tem um desejo sincero de obedecer a ele mesmo quando você falha? Você está experimentando felicidade em sua jornada espiritual? Caso contrário, é possível que você esteja obedecendo a Deus sem um desejo verdadeiro. Aproveite este momento para examinar seu coração. Avalie honestamente por que você obedece a Deus. Peça que ele lhe revele seus desejos verdadeiros. Se houver qualquer aspecto em sua jornada espiritual que não seja sincero, confesse-o a Deus agora mesmo. Peça que ele lhe ajude a adquirir o desejo de ser obediente a ele nessa área de sua vida.

2. Releia Mateus 4:1-11. Para passar no teste que Satanás lhe apresentou, Jesus citou em três ocasiões uma passagem específica das Escrituras que tratava do ataque de Satanás. Você estaria pronto para defender-se com a Palavra de Deus se Satanás o atacasse? Leia 2 Timóteo 2:15. Você precisa ser capaz de manusear a Bíblia corretamente. O que precisa fazer para conhecê-la melhor? Dedique-se a isso.

3. Releia a seção sobre os padrões de crescimento desde "bebê", passando pelo "jovem", até o "pai". Em que nível de crescimento você está neste momento? Como você pode saber? Por que não está no nível mais alto? O que precisa conhecer melhor para alcançar o próximo nível — a Palavra de Deus ou o próprio Deus? Que tipo de compromisso precisa assumir a fim de conhecer melhor a sua Palavra? Que tipo de compromisso você precisa assumir a fim de conhecer melhor a pessoa de Deus? Seja fiel no cumprimento desses compromissos.

4. Reveja as sete respostas à Palavra de Deus no final deste capítulo. Você acredita na Palavra de Deus? Como isso se manifesta em sua vida? Você honra a Palavra de Deus? Como isso se manifesta? Você ama a Palavra de Deus? Como isso se manifesta? Você obedece à Palavra de Deus, custe o que custar?

Para melhorar sua motivação de obedecer, memorize 1João 2:5. Você luta pela Palavra de Deus? Como isso se manifesta em sua vida? Você prega, ensina ou comunica a Palavra de Deus a outros? Dê alguns exemplos de pessoas às quais teve a oportunidade de servir por meio da Palavra de Deus. Apenas se você estudar a Palavra de Deus com consistência, conseguirá acreditar nela, honrá-la e amá-la, obedecê-la, lutar por ela e pregá-la.

3

Quem pode estudar a Bíblia?

No século XIX, havia um filósofo religioso dinamarquês chamado Søren Kierkegaard. Ele disse muitas coisas referentes ao cristianismo e à religião que hoje nós não aceitaríamos necessariamente, mas de vez em quando ele dizia algo profundo. Quero citar uma declaração que ele fez:

> Muitas vezes, as pessoas adotam a postura do teatro em sua vida eclesíastica, imaginam que o pregador é um ator e que elas são seus críticos, elogiando ou condenando sua apresentação. Na verdade, as pessoas são os atores no palco da vida. O pregador é apenas aquele que sopra aos autores as falas que estes esquecem.

Creio que ele identificou um problema real. É muito fácil ir à igreja e vê-la como teatro, sentar-se e ver o que acontece. Então, as pessoas ou elogiam ou criticam o ocorrido. Mas o propósito do ministério do púlpito é estimular o público nos bancos, e a razão pela qual eu estudo e ensino é para incentivar você a estudar e ensinar. Mas a parte triste é que existem muitos critãos que nunca se empenham nisso; não estudam a Bíblia e, assim, não são capazes de ensiná-la a outros.

Em uma das minhas palestras, uma senhora me disse: "O senhor sabe o que sua pregação faz comigo?"

Respondi: "Não faço ideia."

Ela continuou: "Ela me faz querer estudar a Bíblia." Ela disse isso de maneira muito sóbria e objetiva.

Então, eu disse: "Bem, acho que esse foi o melhor elogio que já recebi."

Realmente acredito que essa é a essência de tudo. Meu ensinamento não pretende entreter, e não prego para apresentar um espetáculo a ser avaliado. Ensino para incentivá-lo a fazer algo por conta própria, e esse algo é estudar a Palavra de Deus e vivê-la. Se você não entender isso, não entende o que realmente importa.

E o triste é que existem muitos cristãos que não fazem isso de verdade — eles simplesmente não se aprofundam na Bíblia ou a ensinam para outras pessoas. Além disso, sempre há inúmeras distrações que nos impedem de estudar e compreender a Palavra.

Sem dúvida, existem dificuldades e distrações na nossa cultura ocupada, mas essa desculpa não é muito boa. Penso em Paulo quando ele escreveu a Timóteo e disse: "E as coisas que me ouviu dizer na presença de muitas testemunhas, confie a homens fiéis que sejam também capazes de ensinar a outros" (2Timóteo 2:2). Em outras palavras: "Timóteo, quero que você ensine a outros o que eu lhe disse."

Paulo teve de encorajar Timóteo nesse ponto de sua vida porque este estava enfrentando muitas dificuldades e começando a desanimar. Estava sofrendo de ansiedade, por isso Paulo lhe escreveu que deveria tomar um pouco de vinho para acalmar seu estômago (1Timóteo 5:23). As pessoas o atormentavam por causa de sua juventude, por isso Paulo disse: "Ninguém o despreze pelo fato de você ser jovem" (1Timóteo 4:12a) e "fuja dos desejos malignos da juventude" (2Timóteo 2:22). Timóteo estava lutando contra sua juventude e contra seus problemas de saúde. Além disso, era uma pessoa tímida por natureza. Então, Paulo disse: "Deus não nos deu espírito de covardia" (2Timóteo 1:7a).

Alguns falsos mestres religiosos haviam invadido a igreja de Éfeso e estavam atacando Timóteo. Estavam propagando genealogias e uma filosofia que, aparentemente, ele não conseguia refutar de imediato. Timóteo estava começando a ceder, mas Paulo lhe disse: "Você não pode desistir agora, pois muito foi investido em você. Seja fiel a tudo que eu lhe confiei e compartilhe com alguém." Essa é a essência. Podemos vencer as dificuldades e precisamos compartilhar a instrução de Deus com os outros.

Pouco antes de eu pregar meu primeiro sermão em minha igreja, pedi que meu pai compartilhasse uma mensagem com nossa congregação. Ele havia investido muito em minha vida e me dado muita coisa que eu precisava repassar para outras pessoas. Seu pai havia lhe dado coisas para compartilhar, e, aquilo que eu recebi, preciso repassar. Você precisa aceitar, desenvolver, estudar e repassar para outra pessoa. É uma corrida de revezamento, e todos nós estamos envolvidos.

Vejamos agora alguns fatos básicos que precisamos entender para responder à pergunta "Quem pode estudar a Bíblia?" Primeiro, precisamos:

Conhecer a Palavra

Se formos estudar a Bíblia, precisamos estar convencidos de que ela precisa ser estudada. Isso parece ser óbvio, portanto, analisemos algumas passagens das Escrituras que nos ajudarão a entender.

Primeiro temos Oseias 4:1-6. Oseias estava enfrentando a realidade em Israel de que o povo de Deus o havia abandonado; consequentemente, o povo caiu em todos os tipos de pecados e tornou-se uma nação adúltera, violando os votos que fizeram com Deus. Mas qual era seu problema fundamental? Como isso aconteceu? Por que isso aconteceu? Observe o que ele escreve, a começar pelo versículo 1: "Israelitas, ouçam a palavra do Senhor." Oseias coloca o dedo na ferida. Quando uma nação deixa de ouvir a Palavra do Senhor, o resultado é confusão e caos.

Ele continua: "porque o Senhor tem uma acusação contra vocês que vivem nesta terra: 'A fidelidade e o amor desapareceram desta terra, como também o conhecimento de Deus.'" Eles haviam removido o fundamento, e, sem ele, o que restava? O versículo 2 nos dá a resposta: "Só se veem maldição, mentira e assassinatos, roubo e mais roubo, adultério mais adultério; ultrapassam todos os limites! E o derramamento de sangue é constante." Ou seja, o resultado é um caos nacional quando você desiste do fundamento da Palavra de Deus.

Nos Estados Unidos de hoje, as pessoas se preocupam com o estado em que seu país se encontra; preocupam-se com o aumento da criminalidade, com a desintegração da família, com o caos no governo e com a pressão e confusão econômica que resulta disso — essas preocupações preenchem o coração das pessoas. Mas não haverá solução para nenhum desses problemas se não houver uma reafirmação da Palavra de Deus como padrão absoluto para esse país.

Israel havia falhado nos dias de Oseias. Quando você destrói um fundamento bíblico, o que resta é caos. Tudo de ruim havia começado a acontecer porque Israel não queria ouvir a Palavra do Senhor. O versículo 3 diz: "Por causa disso a terra pranteia, e todos os seus habitantes desfalecem; os animais do campo, as aves do céu e os peixes do mar estão morrendo."

Tudo ia de mal a pior. O versículo 6 diz tudo: "Meu povo foi destruído." Mas por quê? "Por falta de conhecimento. "Uma vez que vocês rejeitaram o conhecimento, eu também os rejeito." Quando uma sociedade rejeita a lei de Deus e o conhecimento dele, as pessoas abrem as comportas do caos.

Provérbios 1:20-33 é um eco do tema da importância de se conhecer a Palavra de Deus. O que vale para uma nação, como foi no caso de Israel, vale também para a vida de um indivíduo. Se você não tiver a Palavra de Deus como fundamento de sua vida, como orientação para a sua conduta, como fundamento sólido sobre o qual você vive, então não existe fundamento verdadeiro. O autor diz: "A sabedoria clama em voz alta nas ruas, ergue a voz nas praças públicas." E no versículo 22: "Até quando vocês, inexperientes, irão contentar-se com a sua inexperiência? Vocês, zombadores, até quando terão prazer na zombaria? E vocês, tolos, até quando desprezarão o conhecimento?" Diz que eles se recusaram a ouvir (v. 24). A sabedoria está disponível (vv. 23, 25, 33) e precisamos prestar atenção nela ou, então, colher as consequências.

Estudar a Palavra de Deus é tão importante que chega a ser o fundamento de tudo. Certa vez, um juiz me escreveu e perguntou: "O que a Bíblia diz sobre o que é certo numa corte de justiça?" Um médico perguntou: "O que a Bíblia diz sobre o que é certo em termos de como disciplinamos nossos filhos?" Outros médicos me escreveram perguntando: O que a Bíblia diz sobre o aborto? O que a Bíblia diz sobre a eutanasia? O que a Bíblia diz sobre como as pessoas devem ser tratadas em certas situações psicológicas ou psiquiátricas? A Palavra de Deus é o padrão! Não podemos viver nossas vidas corretamente sem termos o conhecimento da Palavra de Deus dentro de nós. É absolutamente imprescindível sermos estudantes da Palavra de Deus.

Romanos 12:2 revela: "Não se amoldem ao padrão deste mundo, mas transformem-se." Mas como nós, cristãos, podemos nos elevar acima do sistema corrupto que nos cerca? Como superamos a mentalidade mundana de hoje? Paulo diz: "Transformem-se pela renovação da sua mente, para que sejam capazes de experimentar e comprovar a boa, agradável e perfeita vontade de Deus." Você precisa conhecer a Palavra de Deus antes de poder vivê-la. Se você se adiantar e tenta viver a vida sem o conhecimento da verdade de Deus, você acabará bem no centro do sistema do mundo. Esse versículo reforça Efésios 4:23, que também nos ensina a "sermos renovados no espírito da tua mente".

Várias outras passagens bíblicas nos instruem sobre isso, incluindo:

"Esta é a minha oração: que o amor de vocês aumente cada vez mais em conhecimento e em toda a percepção" (Filipenses 1:9).

"Se houver algo de excelente ou digno de louvor, pensem nessas coisas" (Filipenses 4:8b).

"Crescendo no conhecimento de Deus" (Colossenses 1:10b).

"Cresçam, porém, na graça e no conhecimento de nosso Senhor e Salvador Jesus Cristo" (2Pedro 3:18a).

"Para que o homem de Deus seja apto e plenamente preparado para toda boa obra" (2Timóteo 3:17).

"Coma mel, meu filho. É bom. O favo é doce ao paladar. Saiba que a sabedoria também será boa para a sua alma" (Provérbios 24:13-14a). Encontramos em todos os 31 capítulos de Provérbios o encorajamento para estudar a verdade de Deus, para conhecê-la, vivê-la — eles jamais se cansam de incentivar-nos a buscar a sabedoria. Cada garoto hebreu era instruído no livro de Provérbios para que ele conhecesse o padrão de Deus para a vida.

Viva a Palavra

Quando conhecemos a Palavra, devemos também vivê-la. O conhecimento do qual as Escrituras falam não é algo isolado da obediência. As Escrituras não conhecem teorias e também não conhecem o intelectualismo da "sabedoria" grega (*sophia*, conhecimento teórico). A ideia hebraica de sabedoria sempre esteve ligada à conduta. Na verdade, para os judeus, se você não vivia o conhecimento da lei de Deus, não a conhecia. *Sabedoria não era apenas um pensamento; sabedoria era a prática.*

Quando, então, a Bíblia nos chama para o conhecimento, para a sabedoria, para o entendimento, para a iluminação e percepção, ela sempre tem em vista o comportamento. Você não sabe nada antes de vivê-lo.

Várias passagens das Escrituras aprofundam nossa compreensão desse princípio vital:

"Felizes são aqueles que ouvem a palavra de Deus e lhe obedecem" (Lucas 11:28).

"Se vocês me amam, obedecerão aos meus mandamentos." (João 14:15).

"Porque nisto consiste o amor a Deus: obedecer aos seus mandamentos" (1João 5:3a).

"Quem dera eles tivessem sempre no coração esta disposição para temer-me e para obedecer a todos os meus mandamentos. Assim tudo iria bem com eles e com seus descendentes para sempre!" (Deuteronômio 5:29).

O Senhor disse a Josué que ele precisava estudar e refletir sobre a Palavra de Deus: "Não deixe de falar as palavras deste Livro da Lei e de meditar nelas de dia e de noite, para que você cumpra fielmente tudo o que nele está escrito. Só então os seus caminhos prosperarão e você será bem sucedido" (Josué 1:8). Em outras palavras: "Josué, você precisa estar comprometido com a lei de Deus."

Quando a lei era perdida, o caos predominava em Israel. Finalmente, quando era encontrada, as pessoas se levantavam e a liam, e houve inclusive um reavivamento porque haviam reencontrado o padrão para a vida (2Crônicas 34:14-32).

> Assim como os céus são mais altos do que a terra, também os meus caminhos são mais altos do que os seus caminhos e os meus pensamentos mais altos do que os seus pensamentos. Assim como a chuva e a neve descem dos céus e não voltam para ele sem regarem a terra e fazerem-na brotar e florescer, para ela produzir semente para o semeador e pão para o que come, assim também ocorre com a palavra que sai da minha boca: Ela não voltará para mim vazia, mas fará o que desejo e atingirá o propósito para o qual a enviei. (Isaías 55:9-11).

Deus disse: "Assim como a chuva e a neve descem dos céus, assim descerá também a minha Palavra e dará crescimento à sua vida."

"Voltado para o teu santo templo eu me prostrarei e renderei graças ao teu nome, por causa do teu amor e da tua fidelidade; pois exaltaste acima de todas as coisas o teu nome e a tua palavra" (Salmos 138:2). Davi era um homem com coração adorador, e ele adorava Deus com essas palavras: "Deus, eu te adorarei na base de tua verdade." *Não podemos adorar Deus se não adorarmos segundo a verdade, e não importa o quão belo nossa adoração possa parecer à nossa mente.* Em João 4:24, Jesus diz: "Deus é espírito, e é necessário que os seus adoradores o adorem em espírito e em verdade." Você não pode criar seu jeito próprio de adorar. Como Saul, você não pode oferecer ao Senhor um grande número de animais roubados e dizer: "Bem, estou servindo ao Senhor" (Veja 1Samuel 13:10-14). Deus não quer uma adoração que você inventou, mas sim uma adoração de acordo com a Palavra dele. *A adoração verdadeira é vivida pelos cristãos que amam sua Palavra.*

"Como são felizes os que andam em caminhos irrepreensíveis, que vivem conforme a lei do Senhor! Como são felizes os que obedecem aos seus estatutos e de todo o coração o buscam! [...] Guardei no coração a tua palavra para não pecar contra ti" (Salmos 119:1-2, 11). O Salmo 119 é um dos poemas mais majestosos de todas as Escrituras, pois quase todos os seus 176 versículos nos ensinam a necessidade de obedecer à Palavra de Deus.

Assim, descobrimos que as Escrituras nos chamam para obedecer à Palavra. Passagem após passagem nos ensina a importância da Palavra de Deus.

Posso pedir a você que faça um pacto em seu coração? Não quero obrigá-lo a fazer isso. Quero que você o faça porque é a coisa certa a se fazer. Talvez você diga: "Estudar a Bíblia é trabalho duro." Sim, mas essas coisas foram escritas para que "sua alegria fosse plena" (João 15:11b). Você quer alegria plena em sua vida? É por isso que Deus escreveu a Bíblia. Esse pacto ao qual me refiro foi feito por Josias, o rei, e Deus realmente o abençoou por isso.

Em 2Crônicas 34:31, nós lemos: "Ele tomou o seu lugar e, na presença do Senhor, fez uma aliança." Esse jovem homem Josias era um raio de luz no meio da escuridão do antigo Israel. Era um homem santo, e ele fez uma aliança na presença do Senhor "comprometendo-se a segui-lo e a obedecer de todo o coração e de toda a alma os seus mandamentos, seus testemunhos e seus decretos, *cumprindo as palavras da aliança escritas naquele livro*" (grifo meu). Josias disse: "Senhor, enquanto eu viver, juro estudar e viver a tua Palavra." por isso que ele era diferente de todos que vieram antes e depois dele. Nós também podemos nos destacar das multidões se fizermos o mesmo pacto com o Senhor. Você está disposto a fazer essa aliança?

Agora, a nossa pergunta principal: quem pode estudar a Bíblia? Eu disse que todos *deviam* estudá-la, mas quem *pode* estudá-la e tirar algum proveito disso? Você poderia dizer: "Terei que me matricular em algum seminário ou curso" ou "Terei de comprar muitos livros que me ajudem a compreendê-la." Será?

Existem pessoas que alegam entender a Bíblia, e elas batem à sua porta e se oferecem para explicá-la a você. Mas quem pode realmente entender a Bíblia? Quais são as exigências básicas? No restante deste capítulo, compartilharei com você seis exigências que precisam ser cumpridas por aquele que deseja entender a Bíblia.

Exigência número 1: você precisa ser cristão

O estudo bíblico é trabalho duro, mas o primeiro trabalho que precisa ser feito é dentro do nosso próprio coração. Sem Cristo, você jamais compreenderá sua mensagem.

Cristãos podem entender

Para compreender a Bíblia, é preciso ser um cristão verdadeiro. "Você está dizendo que, se a pessoa não foi regenerada, não pode entender a Bíblia?" É isso mesmo! Em 1Coríntios 2:10, encontramos uma verdade tremenda:"Deus o revelou a nós por meio do Espírito." A palavra "o" refere-se às verdades, aos princípios ou à Palavra de Deus. Mas quem o recebe? Observe a pequena expressão "a nós". Isso pode não parecer muito importante na nossa língua, mas é importante no grego, pois "a nós" ocupa o primeiro lugar na oração, que é a posição enfática. Paulo está dizendo que a revelação de Deus foi feita "a nós", e "nós" se refere aos cristãos, e isso contrasta com aqueles aos quais ele se dirigiu antes. De 1Coríntios 1:18 até 2:9, ele fala sobre como são ignorantes os filósofos do mundo com relação à verdade de Deus.

Mas *por que* eles não podem entender a verdade de Deus? Porque em 1Coríntios 2:9 diz: "Olho nenhum viu." Os filósofos do mundo não conseguem vê-la empiricamente — não podem encontrá-la por meio de uma descoberta. Depois: "nem entrou no coração do homem." Não podem encontrá-la por meio de seus sentimentos ou emoções, nem por meio de suas próprias reflexões ou experiências espirituais. A verdade de Deus é inacessível interna ou externamente, por mais inteligente que o filósofo possa ser.

Por quê? Porque Deus a revelou "a nós", não a eles. Paulo diz no versículo 6 que existem no mundo aqueles que professam sabedoria humana — "os poderosos desta era" —, mas nenhum desses príncipes conhece a verdade. Eles não têm acesso a ela. Por quê? Porque, em sua condição humana, eles não *podem* conhecê-la. O versículo 11 diz: "Pois, quem dentre os homens conhece as coisas do homem, a não ser o espírito do homem que nele está? Da mesma forma, ninguém conhece as coisas de Deus, a não ser o Espírito de Deus."

Se o Espírito não reside na pessoa, ela não pode conhecer a verdade de Deus. Ele pode pensar que sabe algumas coisas, e pode tentar descobrir algumas outras, mas não pode saber da verdade — pelo menos não no sentido de conhecer e viver essa verdade na vida. Mas em relação aos cristãos, o versículo 12 diz: "Nós, porém, não recebemos o espírito do mundo." O "espírito do mundo" é sinônimo da razão humana, e os cristãos não dependem dela, mas sim do "Espírito procedente de Deus". E, por causa dele, "entendemos as coisas que Deus nos tem dado gratuitamente".

Não cristãos não podem entender

A essência do não cristão está resumida em 1Coríntios 2:14: "Quem não tem o Espírito não aceita as coisas que vêm do Espírito de Deus, pois lhe são loucura; e não é capaz de entendê-las, porque elas são discernidas espiritualmente." Se você não é cristão, não pode realmente entender a verdade de Deus. É semelhante ao versículo 11: um homem não pode saber qualquer coisa sobre si mesmo, a não ser que ele o saiba em seu espírito. Um corpo morto não sabe nada, pois não tem espírito. Semelhantemente, uma pessoa sem o Espírito de Deus é como um corpo fisicamente morto, pois ele não pode saber nada espiritualmente. Um aspecto essencial da morte espiritual é a ausência do conhecimento de Deus por causa da ausência do seu Espírito.

Portanto, se você não conhecer Cristo, não pode entender a Bíblia, e essa é a grande tristeza com relação aos sistemas religiosos alternativos, pois eles elaboram uma teologia complexa, mas não conhecem Deus e negam Jesus Cristo. Portanto, é confusão em cima de confusão, e a verdade é soterrada. A verdade é acessível apenas àqueles que conhecem e amam o Senhor Jesus Cristo.

Martinho Lutero disse certa vez:

> O homem, até que se converta e seja regenerado pelo Espírito Santo, é como uma coluna de sal, como a esposa de Ló, como um tronco ou uma pedra, como uma

estátua sem vida que não usa olhos nem boca, nem mente, nem coração. E, até isso acontecer, o homem jamais conhecerá a verdade de Deus.

Portanto, a essência de conhecer a Bíblia é conhecer Deus por meio de Jesus Cristo; o coração daquele que crê entenderá assim a Palavra de Deus.

Nosso Senhor faz um comentário profundo em João 8:44, quando diz aos fariseus: "Vocês pertencem ao pai de vocês, o Diabo[...] pois é mentiroso e pai da mentira." Então diz no versículo 45: "No entanto, vocês não creem em mim, porque lhes digo a verdade!" Incrível! A razão pela qual não creram nele era que ele lhes disse a verdade, e isso era algo que eles não conseguiam entender. Esse é o estado do indivíduo não regenerado. Se você lhe disser a verdade, ele não a aceita, porque não *pode* entendê-la.

No entanto, creio que existe um ponto em que um não cristão se abre para Deus. Se tiver um coração que busca, ele diz: "Senhor, ensina-me a tua verdade. Quero saber se Cristo é real." Se o coração estiver aberto, existe um período de transição em que a verdade é levada até o indivíduo e ele é regenerado. Em geral, o homem natural jamais conhecerá a verdade se ele basear seu raciocínio em sua própria mente. Apenas se ele abrir seu coração para que este seja instruído por Deus e começar a buscar Cristo, a verdade se tornará evidente. E, uma vez convertido, o Espírito estará nele para lhe ensinar a verdade.

Exigência número 2: você precisa ser diligente

Precisamos ser diligentes quando estudamos a Bíblia. Não podemos estudá-la de modo esporádico — precisamos ter um compromisso de fazê-lo. Vejamos três passagens centrais para entender o que isso significa.

Atos 17:10-12

Em Atos 17, o apóstolo Paulo estava viajando em seu ministério para com os gentios. Ele esteve em Tessalônica, e de lá seguiu para o sul em direção a Bereia. Começando pelo versículo 10: "Logo que anoiteceu, os irmãos enviaram Paulo e Silas para Bereia. Chegando ali, eles foram à sinagoga judaica. Os bereanos eram mais nobres do que os tessalonicenses, pois receberam a mensagem com grande interesse." Aqui estavam algumas mentes abertas, prontas para receberem a Palavra, "examinando todos os dias as Escrituras, para ver se tudo era assim mesmo. E creram muitos." Eram mais nobres que os demais, porque eram diligentes em seu estudo das Escrituras.

Creio que estes eram verdadeiros santos que conheciam Deus sob os termos do Antigo Testamento. Seus corações estavam abertos quando o evangelho veio porque estavam prontos para recebê-lo e buscavam com diligência. Falando nisso, a palavra para "buscar" é um termo jurídico que significa "uma investigação". Eles realmente investigaram para ver se as Escrituras eram verdadeiras. Você não pode estudar a Bíblia de forma esporádica.

2Timóteo 2:15

Nesse versículo, Paulo usa uma palavra incrivelmente forte: "Seja *diligente* em apresentar-se a Deus aprovado, como obreiro que não tem do que se envergonhar, que maneja corretamente a palavra da verdade" (grifo meu). Você precisa trabalhar muito e ser responsável em seu estudo da Bíblia.

Para quê? Para que você saiba como manuseá-la. Se não souber, terá algo do qual precisará se envergonhar, e você não será aprovado. A palavra "aprovado" é maravilhosa. No grego, é *dokimos*, o que significa "provado, testado, comprovadamente de alta qualidade". Um cristão de alta qualidade, um cristão aprovado, um cristão sem falhas pelas quais precisasse se envergonhar — esse é o cristão diligente no estudo da Palavra de Deus.

As palavras "manejar corretamente" significam literalmente "cortar corretamente". Paulo usava essas palavras porque ele fazia tendas de peles de cabra e tinha de cortar as bordas corretamente para que pudessem ser juntadas. Ele disse que você precisa "cortar corretamente" cada porção das Escrituras, caso contrário, o todo não poderia ser formado. Você não entende o sentido de tudo isso se não souber o que fazer com as partes. Você precisa cortar corretamente cada porção da Palavra de Deus e depois juntá-las, e isso exige trabalho. Como disse G. Campbell Morgan certa vez: "99% da inspiração são transpiração."

1 Timóteo 5:17

"Os presbíteros que lideram bem a igreja são dignos de dupla honra, especialmente aqueles cujo trabalho é a pregação e o ensino." Aqui, Paulo usa *kopiao* ("trabalho"), que, no grego, significa "trabalhar ao ponto do suor e da exaustão". Precisa haver um compromisso com a diligência e o trabalho duro quando você sonda as Escrituras.

Se quer ser um estudante da Bíblia, se quer assumir o compromisso pessoal de estudar as Escrituras: em primeiro lugar, você precisa conhecer Jesus Cristo como seu Senhor e Salvador, para que tenha o Espírito Santo como seu professor. Em segundo lugar, precisa ser diligente.

Exigência número 3: você precisa ter um forte desejo

Em terceiro lugar, e isso deveria, talvez, ser o ápice dos nossos pensamentos, aqueles que entenderão a Bíblia serão os que têm um forte desejo de fazê-lo. Você não se transforma em um bom estudante da Bíblia por acaso, precisa desejar isso. Vejamos como as Escrituras ilustram essa necessidade:

Fome da Palavra (1 Pedro 2:2)

"Como crianças recém-nascidas, desejem de coração o leite espiritual puro, para que por meio dele cresçam." Um bebê deseja uma única coisa — leite. Não se interessa por qualquer outra coisa. Não se interessa pelas cores das

cortinas ou do tapete; não se importa com a cor do pija-
ma que está vestindo; não se interessa em qual carro você
pretende comprar — um bebê quer leite. Recém-nascidos
têm um único pensamento, e Pedro diz: "Como um bebê
deseja leite e apenas leite, assim nós deveríamos ter fome
da Palavra."

Às vezes, as pessoas me perguntam por que nossa igreja estuda a Bíblia. Um pastor dirá: "Sua igreja cresceu com
o estudo da Bíblia. Eu gostaria de fazer isso e edificar uma
igreja." Mas o que ele realmente pretende fazer é usar o
ensinamento bíblico para construir uma igreja em vez de
usá-lo para satisfazer sua própria fome. Não é assim que
funciona. Você precisa ter *fome* da Palavra!

Procure a Palavra (Jó 28:1-18)

Adoro o que Provérbios 2:4 diz sobre conhecimento e
entendimento: "como se procura a prata." Você consegue
imaginar o quanto as pessoas trabalham para encontrar
prata? É assim que devemos procurar o conhecimento
da Palavra de Deus. Em Jó 28, Jó apresenta um discurso
maravilhoso sobre mineração e depois o aplica à Palavra.
Começando pelo versículo 1: "Existem minas de prata e
locais onde se refina ouro. O ferro é extraído da terra, e do
minério se funde o cobre."

Ele diz que os homens fazem de tudo na mineração.
"O homem dá fim à escuridão; e vasculha os recônditos
mais remotos em busca de minério, nas mais escuras tre-

vas" (v. 3). Ele diz que eles escavam a terra como toupeiras, descendo para a escuridão profunda, metendo-se em situações muito perigosas. Fazem de tudo para encontrar o que procuram. "Longe das moradias ele cava um poço, em local esquecido pelos pés dos homens; longe de todos, ele se pendura e balança" (v. 4). A ideia aqui é que os homens alteram a configuração da terra quando a escavam. O versículo 9 diz que eles literalmente arrancam as raízes de montanhas. No versículo 7, vão para onde um pássaro jamais foi e, no versículo 8: "Os animais altivos não põem os pés nele, e nenhum leão ronda por ali." Fazem túneis nas rochas e represam outros lugares nos versículos 10-11. Fazem tudo isso para encontrar um metal precioso.

Na sociedade contemporânea, escavamos, caçamos e fazemos de tudo para comprar ouro e prata que então colocamos em nossos dedos, braços, pescoços e orelhas. Pense no tremendo custo disso tudo. Buscamos metais preciosos e nos arriscamos nessa busca; mesmo assim, apesar de todo avanço, toda tecnologia, todo luxo, todo ouro e toda prata, o que nós não temos é sabedoria. Jó destaca isso de forma muito clara no versículo 12: "Onde, porém, se poderá achar a sabedoria? Onde habita o entendimento?" Em que mina encontramos o entendimento?

> O abismo diz: 'Em mim não está'; o mar diz: 'Não está comigo'. Não pode ser comprada, mesmo com o ouro mais puro, nem se pode pesar o seu preço em prata.

Não pode ser comprada nem com o ouro puro de Ofir, nem com o precioso ônix ou com safiras. O ouro e o cristal não se comparam com ela, e é impossível tê-la em troca de joias de ouro. O coral e o jaspe nem merecem menção; o preço da sabedoria ultrapassa o dos rubis (vv. 14-18).

Em outras palavras, Jó diz que na terra da humanidade e na economia humana a sabedoria não pode ser encontrada. A implicação é que a humanidade é tola por gastar tanta energia na tentativa de encontrar metal e por não gastar nada na busca da verdade. Deus nos ajuda a procurar a sabedoria em sua Palavra, tanto quanto as pessoas procuram o metal precioso na terra.

Dê valor à Palavra (Jó 23:12b)

Você tem um desejo pela Palavra de Deus? Tem paixão esmagadora pela palavra dele? Veja este versículo maravilhoso: "Dei mais valor às palavras de sua boca, do que ao meu pão de cada dia." Se eu tivesse de escolher entre trabalhar pelo meu pão de cada dia ou estudar a Bíblia, escolheria a Palavra de Deus. Se eu tivesse de escolher entre comer pão ou alimentar-me da Palavra, escolheria a Palavra, pois dou mais valor à Palavra do que a qualquer outra coisa. É esse tipo de fome que o salmista teve em mente quando escreveu: "Como eu amo a tua lei!" (Salmos 119:97). Em Salmos 19:10b, ele diz que a verdade é "mais doce do que o mel, do que as gotas do favo." Por isso, devemos ter um grande desejo pela Palavra de Deus.

E se você não tiver esse desejo? Como pode consegui--lo? Mesmo se você parece não tê-lo, todas essas exigências se juntarão. Se você nasceu de novo, esse é apenas o primeiro requerimento. Se nasceu de novo e é diligente, esses são apenas os dois primeiros. Se você nasceu de novo, é diligente e tem um grande desejo, esses são apenas três — mas há mais. E se você for fraco em um, ele será fortalecido por outro desejo. Qual é a quarta exigência para quem pode estudar a Bíblia?

Exigência número 4: aqueles que são santos

Para podermos estudar a palavra de Deus, precisa haver santidade. Onde você consegue isso? Vejamos dois versículos de Pedro e Tiago que nos ajudam a definir santidade.

1Pedro 2:1

"Livrem-se, pois, de toda maldade [do grego, *kakia*, mal no sentido amplo] e de todo engano, hipocrisia, inveja e toda espécie de maledicência." Em outras palavras, coloque sua vida em ordem, preserve a santidade, busque a justiça, purifique sua vida e então "deseje de coração o leite espiritual puro, para que por meio dele cresça para a salvação" (v. 2). Se o desejo não existir, é melhor voltar ao versículo 1. Você entende por que eu disse que precisa juntar todos eles? Se nasceu de novo, se é santo e justo (lidando com o pecado em sua vida por meio da confissão), essa realidade da vida nova e a santidade produzirão o desejo diligente de estudar.

Tiago 1:21

O versículo diz no final: "Aceite humildemente a palavra implantada." Receba com humildade a Palavra. Que pensamento maravilhoso, mas você não conseguirá fazer isso sem que, antes, cumpra a primeira parte do versículo: "Portanto, livre-se de toda impureza moral e da maldade que prevalece, e aceite humildemente a palavra implantada." A Palavra não pode realizar sua obra numa vida pecaminosa porque ela não é algo conceitual; é uma realidade viva. Não é apenas um pensamento; é a vida.

O que, então, a Palavra de Deus está nos dizendo? Quem pode estudar a Bíblia? Uma pessoa que nasceu de novo; uma pessoa que está disposta a ser diligente e a buscar as Escrituras; uma pessoa que tem um desejo intenso por ela — um desejo nascido da santidade e da justiça.

Exigência número 5: você precisa ser controlado pelo Espírito

Se quiser estudar a Palavra de Deus de modo eficaz, precisa ser controlado pelo Espírito. Quão maravilhoso é estudar as Escrituras e saber que não apenas temos o livro na mão, mas também o Autor deste no coração. O autor e mestre é o Espírito de Deus. 1João 2:20 diz: "Mas vocês têm uma unção que procede do Santo, e todos vocês têm conhecimento." Visto isoladamente, esse versículo pode não fazer muito sentido, mas deixe-me inseri-lo em seu contexto. João está falando sobre mestres falsos — anticristos. Os gnósticos, um grupo de pessoas que acreditava saber tudo (*gnosis*, em grego: "saber"), diziam: "Nós sabemos porque temos uma unção." Eles acreditavam ter uma unção especial que os elevava acima de todos os outros, mas João diz aos cristãos: "Vocês são aqueles que foram ungidos e têm não uma unção mística gnóstica, mas sim a unção do Santo, e sabem todas as coisas."

No versículo 27, ele explora ainda mais esse mesmo pensamento: "Quanto a vocês, a unção que receberam dele permanece em vocês." Que unção é essa que vive em nós? É o Espírito de Deus. E já que o Espírito de Deus vive em nós, não precisamos de mestres humanos, porque *ele* nos ensina. João disse que não precisamos de mestres para nos ensinar sabedoria humana. Por quê? Porque temos uma unção — o Espírito de Deus.

É óbvio, então, que precisamos nascer de novo, ser diligentes, ter um intenso desejo, viver uma vida santa e ter o Espírito dentro de nós — ser controlados pelo Espírito, porque o Espírito é aquele que ensina e aplica a Palavra à nossa vida. Mas existe uma última exigência para aquele que pode estudar a Bíblia.

Exigência número 6: você precisa ter uma vida de oração

Todas essas outras exigências precisam estar em uma atmosfera de oração. Você poderia até desenhar um círculo em torno dessas cinco outras exigências e cercá-las com oração, mas acredito que nosso estudo bíblico precisa partir da oração. Quando estudo a Bíblia, faço esta simples oração: "Senhor, quando eu me aproximar da tua Palavra, mostra-me a tua verdade e ensina-me o que preciso saber." Jamais me aproximaria das Escrituras sem primeiro buscar Deus em oração.

Em Efésios 1:15-18a, Paulo diz:

> Por essa razão, [...] não deixo de dar graças por vocês, mencionando-os em minhas orações. Peço que o Deus de nosso Senhor Jesus Cristo, o glorioso Pai, lhes dê espírito de sabedoria e de revelação, no pleno conhecimento dele. Oro também para que os olhos do coração de vocês sejam iluminados, a fim de que vocês conheçam.

Paulo diz: "Estou orando por vocês." E o que você está pedindo em suas orações, Paulo? "Para que vocês conheçam, para que seus olhos sejam abertos, para que entendam e para que vejam a verdade." Se Paulo orou para que nós entendêssemos a Palavra de Deus, fazemos bem se orarmos como ele o fez.

Quem pode estudar a Bíblia? Você precisa ser o *quem* certo, caso contrário, o *como* não importa. Você nasceu de novo? Tem um forte desejo em seu coração? É diligente? Santo? Controlado pelo Espírito? Você ora? Se sua resposta for sim, então pode abrir as páginas da Bíblia, e Deus revelará suas verdades ao seu coração. Quando sua vida está no caminho certo, o método de como estudar a Bíblia se tornará produtivo e mudará sua vida à medida que você o aplicar.

Revisão

1. Qual é o propósito do ministério do púlpito?

2. Quais foram alguns dos problemas que Timóteo enfrentou em seu ministério? O que Paulo o encorajou a fazer (2Timóteo 2:2)?

3. O que acontece quando uma nação deixa de ouvir a Palavra de Deus (Oseias 4:1-2)?

4. Que tipo de fundamento tem a pessoa que não tem a Palavra de Deus como sua base?

5. Como um cristão pode se elevar acima da corrupção do sistema do mundo?

6. Qual injunção ocorre com frequência nos 31 capítulos de Provérbios?

7. Descreva as diferenças entre os conceitos grego e hebraico de sabedoria. Qual o conceito aplicado pela Bíblia?

8. Qual é a única maneira de adorar Deus (João 4:24)? Como isso se manifesta?

9. Qual é a lição principal de Salmos 119?

10. Qual foi a aliança que Josias fez em 2Crônicas 34:31?

11. Quem são as únicas pessoas que podem entender a Bíblia? Por que ninguém mais pode entendê-la (1Coríntios 2:9-14)?

12. Em que sentido um indivíduo sem o Espírito de Deus é como um corpo morto?

13. Qual foi a reação dos fariseus quando Jesus lhes disse a verdade (João 8:45)?

14. Qual é a única maneira de uma pessoa natural começar a conhecer a verdade de Deus?

15. Por que as pessoas em Bereia eram mais nobres do que as de Tessalônica (Atos 17:10-11)?

16. As pessoas de Bereia examinaram as Escrituras (Atos 17:11). O que isso significa?

17. Por que precisamos ser diligentes em nosso estudo da Bíblia? Explique (2Timóteo 2:15).

18. O quanto você deve se empenhar em seu estudo da Bíblia (1Timóteo 5:17)?

19. Com que devem se parecer os cristãos em sua fome da Palavra de Deus (1Pedro 2:2)?

20. O que Provérbios 24 diz sobre como devemos buscar conhecimento e entendimento?

21. A fim de poder estudar a Bíblia, uma pessoa precisa ser santa, mas como ela se torna santa? Como isso aumentará seu desejo de estudar a Palavra de Deus (1 Pedro 2:1-2)?

22. Quem nos instrui quando estudamos a Bíblia (1João 2:20, 27)?

23. Qual é a primeira coisa que um cristão deve fazer antes de começar a estudar a Bíblia (Efésios 1:15-18)?

Reflexão

1. Os hebreus associavam sabedoria ao comportamento, ao passo que os gregos a viam como exercício intelectual. Quando você aprende alguma verdade espiritual, é mais como um hebreu ou como um grego? Você aplica essa verdade ou simplesmente medita sobre ela como boa instrução sem aplicá-la? Quais são as verdades espirituais que você conhece bem, mas que ainda precisa aplicar? Seja sincero em sua análise. Faça uma lista dessas verdades. Ao lado de cada uma, anote como pretende aplicá-la na próxima semana. Uma vez que começou, pratique-as fielmente até elas se tornarem parte de você.

2. Em 2Crônicas 34:31, Josias fez uma aliança "comprometendo-se a seguir o Senhor e obedecer de todo o coração e de toda a alma aos seus mandamentos, seus testemunhos e seus decretos, cumprindo as palavras da aliança escritas naquele livro." Você está disposto a fazer essa mesma aliança com Deus? Comece essa aliança memorizando 2Crônicas 34:31.

3. Muitos cristãos têm dificuldades com seu desejo de estudar a Palavra de Deus, mas aqui está uma maneira de aumentar seu desejo: busque a santidade. Leia os seguintes versículos e anote o que eles ensinam sobre santidade:

- 2Coríntios 7:1
- Efésios 4:21-24
- 2Timóteo 2:21-22
- 1Pedro 1:14-16
- 2Pedro 1:5-8

De acordo com 2Pedro 1:5, o que você precisa acrescentar à virtude (ou à excelência moral)? Qual é a única maneira de conseguir isso? Mas a que você precisa primeiro acrescentar a virtude? Seja fiel em sua tentativa de ser santo em toda sua conduta, e seu desejo de estudar a Palavra de Deus aumentará.

4. A coisa mais importante a fazer antes de estudar a Bíblia é orar. Deve ser também a última coisa que você faz. Neste momento, agradeça a Deus pelas coisas que ele lhe ensinou por meio deste estudo e peça a ele que lhe ajude a aplicar as verdades que lhe ensinou. Da próxima vez que você se preparar para estudar a Bíblia, peça que Deus lhe ensine as verdades que mais se aplicam à sua caminhada espiritual. Agradeça-lhe agora pelo tesouro que sua Palavra é em sua vida.

4

Como estudar a Bíblia

Não sei se você alguma vez já refletiu sobre a magnificência da Bíblia e sobre o privilégio que temos de estudá-la, mas espero que, por causa deste estudo, você seja capaz de focar em algumas das coisas incríveis que o esperam ao abrir as Escrituras.

Algum tempo atrás, eu li uma ilustração que era mais ou menos assim: a Bíblia é como um palácio magnífico feito de pedras orientais preciosas e com 66 quartos. Cada um desses quartos é diferente e perfeito em sua beleza individual; no entanto, vistos como um todo, eles formam um prédio — incomparável, magnífico, glorioso e sublime.

No livro de Gênesis, entramos no vestíbulo, que imediatamente nos apresenta aos registros das obras poderosas de Deus na criação. Esse vestíbulo dá acesso aos tribunais de justiça, o corredor para a galeria de imagens dos livros históricos. Aqui, encontramos nas paredes quadros de batalhas, atos heróicos e retratos de homens corajosos de Deus. Atrás da galeria, encontramos o aposento do filósofo (o livro de Jó), depois do qual entramos na sala de música (livro dos Salmos). Aqui, nos detemos, entusiasmados pelas mais belas harmonias que ouvidos humanos já ouviram. Depois, chegamos ao escritório comercial (o livro de Provérbios), no centro do qual encontramos o lema: "A justiça engrandece a nação, mas o pecado é uma vergonha para qualquer povo" (14:34).

Saindo do escritório, chegamos ao departamento de pesquisas — Eclesiastes. De lá, procedemos para o conservatório (o Cântico dos Cânticos), onde o aroma das mais seletas frutas e flores e o canto mais doce dos pássaros nos recebem. Então, alcançamos o observatório, onde os profetas com seus poderosos telescópios esperam pela chegada da Estrela da Manhã antes do advento do Filho da justiça. Atravessando o pátio, chegamos à sala de audiências do Rei (os Evangelhos), onde encontramos quatro retratos verídicos do Rei, que revelam as perfeições de sua beleza infinita. Depois, entramos na oficina do Espírito Santo (livro dos Atos dos Apóstolos) e na sala de correspondência (as epístolas), onde vemos Paulo, Pedro, Tiago João e Judas trabalhando sob a orientação pessoal do Espírito da verdade. Por fim, chegamos à sala do trono (o livro de Apocalipse), que nos arrebata com o volume poderoso de adoração e louvor dirigidos ao Rei entronado, que preenche essa sala ampla; enquanto as galerias e as cortes adjacentes retratam as cenas solenes da perdição e as cenas milagrosas da glória associada à manifestação vindoura do Rei dos reis e Senhor dos senhores.

Ah, majestade desse livro, desde a criação até o clímax! Como ela nos incentiva a sermos diligentes em nosso estudo.

Mas *como* fazemos isso? Como podemos realmente entender a Bíblia? Neste capítulo, apresentarei quatro fundamentos para entender de modo autêntico a Palavra de Deus para o seu dia a dia.

Fundamento número 1: leia a Bíblia

O estudo da Bíblia começa com a leitura dela. Mas sejamos sinceros: muitas pessoas não chegam a esse ponto. Passam o olho nela, mas nunca chegam a lê-la. Leem muitos livros *sobre* ela, mas nunca leem a Bíblia em si. *Nada substitui a leitura da Bíblia.* Precisamos estar totalmente dedicados à leitura da Bíblia, pois é aí que tudo começa. Minha sugestão é que você tente ler toda a Bíblia uma vez por ano.

Primeiro, porém, vejamos como devemos lê-la.

O *Antigo Testamento*

Acredito que o cristão deveria ler todo o Antigo Testamento uma vez por ano. O Antigo Testamento tem 39 livros, e se você investir mais ou menos 20 minutos por dia, deveria ser capaz de lê-lo em um ano.

Originalmente, o Antigo Testamento foi escrito em hebraico (algumas partes, em aramaico), que é uma linguagem muito simples. Ela não tem os conceitos complexos do pensamento grego; não é uma língua teórica, tampouco conceitual; também não é uma língua filosófica abstrata. É uma língua muito simples e concreta. Na verdade, quando eu estudava no seminário, achei que estudar o hebraico era infinitamente mais simples do que o estudo do grego. Simplesmente não é uma língua complexa.

Você pode ler a narrativa do Antigo Testamento ano após ano e desenvolver um entendimento durante a leitura. Eu sugeriria também que, enquanto lê, anote nas margens aquilo que não entende. Se fizer isso, fará uma descoberta interessante. Com o decorrer do tempo, você começará a apagar essas anotações, pois, à medida que ler e reler o Antigo Testamento desde Gênesis até Malaquias, adquirirá um entendimento que responderá a algumas das perguntas que tinha. Aquelas perguntas que restarem podem ser estudadas com a ajuda de um comentário ou outro recurso para encontrar seu sentido. Mas comece simplesmente com a leitura. Não se deixe desanimar e pensar: "Jamais entenderei o sentido deste versículo." Comece simplesmente a ler o Antigo Testamento uma vez por ano.

No seminário, lembro-me de como o dr. Charles Feinberg, que foi um grande mentor e um maravilhoso homem de Deus, que sabia tanto sobre o Antigo Testamento, costumava surpreender seus estudantes. Às vezes, alguém tentava armar uma armadilha para ele, dizendo: "Dr. Feinberg, o que está escrito em 1Reis 7:34?" Ele recitava o versículo em hebraico, traduzia-o e nos dizia o que significava.

Certa vez, ele me disse: "Tento ler um livro por dia, apenas para me manter atualizado."

Eu respondi: "Que tipo de livro?"

"Qualquer livro. Um livro sobre artes, um livro sobre história, um livro sobre a vida de alguém, qualquer livro. Um livro por dia para me manter atualizado."

Eu lhe disse: "Com toda essa leitura, e todo seu estudo da língua hebraica, e todos os seus artigos e comentários, e todo seu ensino de várias turmas, ainda lhe resta tempo para ler a Bíblia?"

Ele respondeu: "Eu leio a Bíblia. Eu leio toda a Bíblia quatro vezes por ano e tenho feito isso há não sei quanto tempo."

É por onde tudo começa. Nada substitui a leitura da Bíblia.

O *Novo Testamento*

Meu plano para ler o Novo Testamento é um pouco diferente. E, falando nisso, creio que nosso maior foco deveria ser a leitura do Novo Testamento. Creio que isso seja bíblico. Em Colossenses 1:25-26, Paulo diz: "Dela me tornei ministro de acordo com a responsabilidade por Deus a mim atribuída de apresentar-lhes plenamente a palavra de Deus, o mistério que esteve oculto durante épocas e gerações, mas que agora foi manifestado a seus santos." Paulo disse: "Fui chamado por Deus para dar-lhe o mistério que tem estado oculto."

Em essência, o mistério é a revelação do Novo Testamento. Paulo disse também que ele era um apóstolo do "mistério" em Efésios 3:3-5. Por isso, o foco principal de seu ministério era a nova revelação. Ele citaria o Antigo Testamento à medida que este ilustrava, elucidava e apoiava o Novo Testamento.

A mensagem do Novo Testamento é o ápice da revelação. É aquilo que representa e inclui tudo que já estava no Antigo Testamento. De certa forma, o Novo Testamento resume para você o conteúdo do Antigo Testamento e o leva para a plenitude da revelação. Por isso, quando você lê o Novo Testamento, pode gastar mais tempo com ele, porque ele explica o Antigo Testamento. Além disso, foi escrito em grego, que é uma língua mais complexa e talvez mais difícil do que o hebraico, porque usa mais abstrações e conceitos no lugar de histórias narrativas. Por essa razão, precisamos de uma diligência maior no estudo do Novo Testamento. Eu fiz o seguinte.

Quando estava no seminário, meu método era ler 1João todos os dias durante 30 dias. Você também pode fazer isso. No primeiro dia, leia simplesmente todo o livro de 1João, o que demandará de 25 a 30 minutos. A ideia é lê-lo todinho no primeiro; no segundo dia, leia o novamente por inteiro; no terceiro dia, leia o novamente por inteiro; no quarto dia, leia o novamente por inteiro; no quinto dia, leia o novamente por inteiro. Simplesmente, sente-se e leia. Por volta do sétimo ou oitavo dia, você dirá a si mesmo: "Isso está ficando chato. Já sei do que se trata." Mas essa é a parte difícil. Se insistir e continuar fazendo a mesma coisa até o trigésimo dia, adquirirá um entendimento incrível de 1João.

No fundo, é isso que eu faço o tempo todo. Quando preparo um sermão, leio aquele livro repetidas vezes até o livro preencher a minha mente num tipo de percepção visual. Eu sugiro também que você anote o tema principal de cada capítulo e, a cada dia em que você ler o livro, olhe para as anotações e leia toda a lista. Rapidamente você aprenderá o que cada capítulo contém.

Após ler 1João durante 30 dias, o que fazer em seguida? Sugiro que escolha um livro grande do Novo Testamento (e lembre-se de que, durante esse tempo todo, você continua lendo a narrativa do Antigo Testamento durante 20 minutos todos os dias). Creio que deveria passar de

1João para o Evangelho de João. "Mas são 21 capítulos!" É isso mesmo, por isso, divida-os em três seções. Leia os sete primeiros durante 30 dias, os próximos sete durante 30 dias e os últimos sete durante 30 dias. No final desses noventa dias, você terá absorvido o conteúdo do Evangelho de João, e também terá feito anotações sobre os sete primeiros, sobre o segundo grupo de sete e também sobre o terceiro grupo de sete capítulos. Você decorou os temas principais de cada capítulo. Mas qual é o benefício real desse método de estudar a Bíblia?

O benefício é enorme. Lembro-me de que, quando comecei a usar esse método, fiquei surpreso com a velocidade com que absorvia as coisas do Novo Testamento. Sempre quis evitar tornar-me um "paralítico da concordância", nunca capaz de encontrar qualquer coisa e sempre obrigado a consultar os versículos no fim da Bíblia. E até hoje o Evangelho de João, 1João e os outros livros da Bíblia ficaram gravados na minha mente. Por quê? Porque é assim que eu aprendo. Isaías disse que você aprende linha por linha, preceito por preceito, aqui um pouco e ali um pouco mais (Isaías 28:10, 13). Quando você estuda para uma prova, não pega seu livro, lê suas anotações uma vez e diz: "Entendi!" (a menos que você não seja normal). Você aprende por meio da repetição. É da mesma forma que aprendemos a Bíblia.

Depois do livro de João, talvez você queira passar para Filipenses, outro livro sucinto. Depois, você pode ler Mateus, Colossenses, Atos. Reveze dessa forma: livro curto, livro longo, livro pequeno, livro grande. "Mas assim levarei muito tempo!" Não, em mais ou menos dois anos e meio você terá lido todo o Novo Testamento. Você lerá a Bíblia de um jeito ou de outro, portanto, por que não lê-la de modo que se lembre dela? Algumas pessoas podem dizer: "Bem, tenho meu tempo devocional e leio a passagem do dia." Tudo bem. Mas se eu lhe perguntasse: "O que você leu?", talvez você diga: "Bem, deixe-me pensar." E se eu lhe perguntasse: "O que você leu três dias atrás?" Receber uma resposta pode ser algo impossível. É muito difícil lembrar-se de algo quando avançamos rapidamente. Você precisa ler, reler e reler. Se você acredita que a Bíblia é a Palavra viva, ela se tornará viva em sua vida quando passar a lê-la repetidamente.

Muitas pessoas me perguntam se eu acho que elas devem ler sempre a mesma tradução da Bíblia. Minha resposta costuma ser *sim*. Seja fiel à sua versão, porque só isso gera familiaridade. De vez em quando, faz bem ler uma passagem em outra versão para se aprofundar ainda mais nela.

A leitura da Bíblia responde a essa pergunta: O que a Bíblia diz? Precisamos lê-la para descobrir o que exatamente ela diz. Deixe-me contar-lhe outra coisa interessante que acontece quando você começa a ler a Bíblia de forma habitual: sua compreensão geral aumentará incrivelmente, porque a Bíblia explica a si mesma.

Um recurso que lhe ajudará a ver como uma parte da Bíblia explica outra é a *Bíblia de estudo MacArthur*. Esse livro acompanha a Bíblia inteira e oferece observações explicativas e referências cruzadas para ajudar a explicar o sentido de um texto específico. Assim, quando você finalmente começar a ler a Bíblia, sua nova compreensão preencherá muitas das lacunas, afinal, Deus não escreveu um livro para confundi-lo. A Bíblia não é um livro que pretende conter alguma verdade escondida — não é um livro secreto, a respeito do qual você deveria se esforçar para descobrir o que Deus está tentando dizer.

Mas algumas pessoas dirão: "Não importa o que você faça, não leio o livro de Apocalipse; é confuso demais." Mas esse mesmo livro diz: "Feliz aquele que lê as palavras desta profecia" (1:3a). Não é tão difícil assim. Mas eu lhe direi uma coisa: você jamais compreenderá plenamente o livro de Apocalipse se não ler também Daniel, Isaías e Ezequiel. Todas as peças começam a se encaixar quando você lê toda a Palavra de Deus, e ficará maravilhado com as coisas que acontecerão em sua vida.

O primeiro fundamento de *como* estudar a Bíblia é, portanto, *lê-la*.

Fundamento número 2: interprete a Bíblia

Existem pessoas que não interpretam a Bíblia, simplesmente a aplicam. Elas a leem e passam diretamente para a aplicação sem interpretá-la, ou seja, simplesmente não se importam em descobrir o que ela pretende dizer. Nosso primeiro fundamento foi *ler* a Bíblia, e isso responde à nossa pergunta: O que a Bíblia diz? O segundo fundamento, a *interpretação* da Bíblia, responde à pergunta: O que a Bíblia quer dizer com aquilo que diz? Precisamos interpretar a Bíblia. Não podemos tomá-la como uma aspirina, pois não é um comprimido. Não podemos simplesmente dizer: "Bem, tive meu tempo devocional, estava lendo a Bíblia e decidi que é isso que ela quis dizer." Não. Você precisa *saber* o que ela significa.

Encontramos uma passagem interessante em Neemias 8:

> Todo o povo juntou-se como se fosse um só homem na praça, em frente da porta das Águas. Pediram ao escriba Esdras que trouxesse o Livro da Lei de Moisés, que o Senhor dera a Israel. Assim, no primeiro dia do sétimo mês, o sacerdote Esdras trouxe a Lei diante da assembleia, que era constituída de homens e mulheres e de outros que podiam entender. Ele a leu em voz alta desde o raiar da manhã até o meio-dia (vv. 1-3a).

É por aqui que tudo começa — você precisa ler a Bíblia. Continuando com o versículo 3c: "E todo o povo ouvia com atenção a leitura do Livro da Lei." Depois, nos versículos 5-6:

Esdras abriu o livro diante de todo o povo, e este podia vê-lo, pois ele estava num lugar mais alto. E, quando abriu o livro, o povo todo se levantou. Esdras louvou o Senhor, o grande Deus, e todo o povo ergueu as mãos e respondeu: 'Amém! Amém!' Então eles adoraram o Senhor, prostrados, rosto em terra.

As pessoas reagiram à Palavra adorando ao Senhor, mas a chave está no versículo 8: "Leram o Livro da Lei de Deus, interpretando-o e explicando-o, a fim de que o povo entendesse o que estava sendo lido." Você entende o que esse versículo diz? Por isso, devemos não só ler a Palavra, precisamos também procurar descobrir o significado daquilo que ela diz.

Em 1978, tive a oportunidade de participar do Concílio Internacional sobre a Inerrância da Bíblia. Mais ou menos 250 grandes acadêmicos dos Estados Unidos se reuniram em Chicago para reafirmar perante o mundo inteiro que cada palavra de Deus é pura, como diz Provérbios 30. Queriam afirmar perante o mundo inteiro que a Bíblia é a verdade absoluta de Deus, inerrante em cada uma de suas palavras. Durante quatro dias, entregaram artigos, artigos tão eruditos que nem eu consegui entender todos eles. Era uma erudição incrível, e todos nós estávamos carregando esses fichários enormes com artigos teológicos incríveis.

No final da conferência, fiz uma palestra intitulada de "Como a Inerrância se relaciona ao ministério da Igreja?" Eu disse: "Não entendo como, em uma conferência sobre a inerrância em que todos ressaltam como cada palavra da Bíblia é importante, ninguém apresentou uma mensagem expositória que lida justamente com essa palavra. Em outras palavras, por que estamos lutando por cada palavra se ninguém se preocupa em ensiná-las ou em descobrir o que elas significam?"

Não basta dizer: "Acreditamos que cada palavra é verdadeira" para então escolher uma única palavra entre 45 versículos e fazer um sermão sobre essa palavra. É por isso que o único objetivo supremo do compromisso verdadeiro com a inerrância das Escrituras é a exposição de toda a Bíblia como ela nos foi dada por Deus.

Por isso, precisamos perguntar: "O que a Bíblia quer dizer quando diz o que diz?"

Realmente acredito que a resposta a essa pergunta tem sido, de muitas maneiras diferentes, a chave para o crescimento da Grace Community Church. As pessoas estiveram na escuridão por tanto tempo, e nós apenas abrimos para elas a porta do entendimento. Não é tão difícil abrir essa porta, porque Deus nos deu a sua Palavra para entender e o seu Espírito para ser o nosso mestre.

Em 1Timóteo 4:13, Paulo diz a Timóteo como ele deve pregar: "Até a minha chegada, dedique-se à leitura pública da Escritura, à exortação e ao ensino." Você entende o que ele quis dizer? Ele instruiu Timóteo a ler, a explicar (doutrina) e a aplicar o texto (exortação). Você não pode simplesmente ler e aplicar; você lê, explica e depois aplica — é isso que significa "manejar corretamente a palavra da verdade" (2Timóteo 2:15). Caso contrário, o resultado provável é uma interpretação errada, e a interpretação errada é a raiz de todo tipo de problemas.

Deixe-me mencionar algumas coisas que as pessoas ensinam hoje em dia com base em interpretações erradas. Em primeiro lugar, ensinam que, já que os patriarcas praticavam a poligamia, nós também podemos fazê-lo. Ou, já que o Antigo Testamento atribuía o direito divino ao rei de Israel, todos os reis têm direitos divinos. Ou, já que o Antigo Testamento aprovava a morte de bruxas, deveríamos estar matando bruxas. Ou, ainda, já que algumas das pragas do Antigo Testamento foram enviadas por Deus, deveríamos evitar sanções para não provocá-lo. E que tal esta? O Antigo Testamento ensina que as mulheres devem sofrer durante o parto como castigo divino, portanto, as mulheres não deveriam usar anestesia hoje em dia. Todos esses casos são interpretações equivocadas porque alguém não entendeu o que a Bíblia realmente diz e porque não entende a situação em que ela foi escrita.

Confesso que nem todas as passagens da Bíblia são fáceis de entender. Lembro-me de um professor da Bíblia que certa vez me disse: "Estou tão cansado de tentar entender a Bíblia que decidi aplicar tudo a todos. Já experimentei o caminho dispensacional, tentei o caminho dispensacional modificado e tentei o caminho da teologia pactual. Então, decidi aplicar tudo a todos."

Eu disse: "Ah, e quando você sacrificou seu último carneiro? Você submete todas as panelas de sua cozinha a lavagens cerimoniais antes de sua esposa preparar a refeição *kosher?*" Você não pode aplicar tudo a todos. Precisa haver uma interpretação apropriada.

Mas como chego a essa interpretação apropriada e correta? Deixe-me mostrar-lhe algumas áreas que você precisa entender.

Erros de interpretação

A fim de interpretarmos corretamente a Palavra, precisamos evitar três erros. O primeiro: *Não faça a Bíblia dizer o que você quer que ela diga.*

É como aquele pregador que proclamava que as mulheres não deveriam ter cabelo no topo de suas cabeças. Seu texto era: "Quem estiver no telhado de sua casa não desça para tirar dela coisa alguma" (Mateus 24:17). Essa passagem *não* ensina uma lição tão ridícula.

Ou você pode se aproximar da Bíblia como o sujeito que disse: "Eu já tenho o sermão prontinho na minha cabeça, agora, só falta encontrar uma passagem bíblica para ele." Isso significa ter ideias preconcebidas e, então, procurar algum versículo que combina com elas. Eu sei que, se tentar *fazer* um sermão, acabo tentando adequar a Bíblia ao *meu* sermão; por outro lado, se eu tentar compreender uma passagem, dessa compreensão flui uma mensagem. Você pode inventar muita coisa maravilhosa e criar um esboço impressionante, mas então precisa distorcer a Bíblia para fazê-la dizer o que você quer dizer.

Vejamos alguns exemplos. Lembro-me de ler no Talmude que, certa vez, os rabinos decidiram que queriam pregar uma mensagem que as pessoas deveriam cuidar umas das outras. Eles enfrentavam um problema social porque as pessoas não estavam amando o próximo, então, disseram que a melhor ilustração na Bíblia para mostrar que as pessoas devem amar umas às outras é a história da Torre de Babel. Segundo o Talmude, a razão pela qual Deus espalhou todas aquelas pessoas e confundiu suas línguas foi porque elas haviam dado mais valor a coisas materiais do que às pessoas. À medida que a Torre de Babel foi crescendo, um carregador de argila precisava de cada vez mais tempo para levar os tijolos para o alto, onde os pedreiros construíam a torre. Se um homem caía da torre no caminho de volta, ninguém lhe dava atenção, porque nenhum tijolo havia sido perdido. Mas se um homem caísse durante a subida, os pedreiros ficavam furiosos porque ele havia perdido seus tijolos. Por isso, Deus espalhou as nações e confundiu suas línguas, porque eles se preocupavam mais com os tijolos do que com as pessoas. Bem, é verdade que você deveria se preocupar mais com as pessoas do que com tijolos, mas não é isso que a

Torre de Babel nos ensina. Deus não as espalhou porque elas se preocupavam mais com os tijolos, mas sim porque estavam construindo um sistema religioso idólatra.

Tenho ouvido também sermões sobre 2Pedro 2:20, sobre como você pode perder a salvação. Todos eles citavam o versículo: "Se, tendo escapado das contaminações do mundo por meio do conhecimento de nosso Senhor e Salvador Jesus Cristo, encontram-se novamente nelas enredados e por elas dominados, estão em pior estado do que no princípio." Então diziam: "Você pode escapar da contaminação, pode ter o conhecimento do Senhor e Salvador e pode cair e se emaranhar, e sua condição será pior do que antes de você se converter. Você pode perder a salvação."

No entanto, o que eles esquecem de observar é a palavra "eles". Se você estudar a palavra "eles" no início de 2Pedro 2, descobrirá que o texto fala sobre "fontes sem água e névoas impelidas pela tempestade" (v. 17) e "nódoas e manchas" (v. 13). Se voltar até 2:1, verá que o texto está falando sobre falsos profetas que seguem as doutrinas dos demônios. Você não pode usar o versículo para provar que uma pessoa pode perder a salvação, pois o contexto não é esse.

Na verdade, Paulo tem algo a dizer àqueles que fazem isso. Em 2Coríntios 2:17a, ele diz: "Ao contrário de muitos, não negociamos a palavra de Deus visando lucro." A palavra grega para "negociar" é *kapelos*, que basicamente significa vender algo na feira de forma fraudulenta; vender um produto que não é aquilo que alega ser ou um produto falsificado. Paulo disse que há aqueles que falsificam a Palavra de Deus; adulteram a Palavra para adequá-la aos seus próprios pensamentos.

Você não deve usar a Bíblia para ilustrar seus sermões ou pensamentos. Tenha cuidado para não interpretar a Bíblia ao custo de seu significado real — permita que ela diga o que diz.

Em segundo lugar, *evite interpretações superficiais*. Quando estudar a Bíblia para descobrir o que ela diz, não seja superficial. Algumas pessoas dirão: "Bem, acho que esse versículo significa..." ou "O que esse versículo significa para você?" Infelizmente, muitos estudos bíblicos nada mais são do que uma reunião de ignorância; muitas pessoas sentadas num círculo dizendo o que elas *não* sabem sobre o versículo. Eu realmente sou a favor de estudos bíblicos, mas alguém precisa estudar para descobrir o que a passagem realmente significa; *depois*, podemos discutir a aplicação. 1 Timóteo 5:17 até nos fala sobre presbíteros que trabalham duro para entender a Palavra de Deus, então, é importante não ser superficial.

Um terceiro cuidado que precisamos ter na interpretação da Bíblia é o de *não espiritualizar*. O meu primeiro sermão foi terrível. Meu texto era: "E o anjo retirou a pedra." Meu sermão era: "Retirando pedras de sua vida." Falei sobre a pedra da dúvida, a pedra do medo e a pedra da raiva, mas não é disso que o versículo fala; ele fala sobre uma pedra real, e eu o transformei em uma alegoria terrível. Certa vez ouvi um sermão sobre "lançaram quatro âncoras da popa e faziam preces para que amanhecesse o dia" (Atos 27:29); a âncora da esperança, a âncora da fé etc. Aquilo não eram âncoras de qualquer coisa, eram âncoras de metal. Chamo isso de pregação do berçário, porque você não precisa da Bíblia — pode usar qualquer coisa para dar sentido a um texto, inclusive os livros infantis do berçário.

Espiritualizar é tão fácil, e muitas pessoas fazem isso com o Antigo Testamento, utilizando-o como um livro de contos de fada e fazendo todo tipo de interpretações malucas. Não espiritualize a Bíblia, descubra o significado correto.

Fontes de interpretação

A fim de interpretar corretamente a Bíblia, temos de preencher algumas lacunas, e, para isso, precisamos examinar as fontes de interpretação.

A Bíblia tem existido há muitos anos, partes dela há 4 mil anos, então, como podemos entender o que os autores diziam e as variadas circunstâncias em que viviam? Precisamos vencer quatro lacunas.

Em primeiro lugar, precisamos vencer a *diferença linguística*. (Nós falamos português, mas a Bíblia foi escrita em hebraico e grego, e algumas partes em aramaico, que é semelhante ao hebraico.) Caso contrário, não seremos capazes de entendê-la completamente. Por exemplo, em 1Coríntios 4:1(ARA), o apóstolo Paulo diz: "Assim, pois, importa que os homens nos considerem como ministros de Cristo e despenseiros dos mistérios de Deus." Em português, a palavra *ministro* nos faz pensar em ministros de justiça ou no ministro da fazenda. Um ministro é uma posição elevada, é o termo dignificado, mas a palavra grega é *huperetes*, que significa um escravo de terceiro nível numa embarcação. Paulo disse que, quando morresse, esperava que as pessoas dissessem que ele nada mais era do que um escravo de terceiro nível de Jesus Cristo. Você jamais extrairia esse significado da tradução em português. Por quê? Há um abismo entre as línguas.

Encontramos outro exemplo no livro de Hebreus. Quando contempla a palavra *perfeição* no livro (por exemplo, em 6:1; 7:11), você pode compreender Hebreus completamente errado, a não ser que saiba que, nesse livro, perfeição tem a ver com salvação, não com maturidade espiritual. É isso que descobrirá quando estudar as palavras e suas relações no texto — é muito importante fazer isso. Para estudar as palavras na Bíblia, principalmente no Novo Testamento, recomendo fortemente *Dicionário Vine — o significado exegético e expositivo das palavras do Antigo e do Novo Testamento*. É muito útil para alguém que não entende o grego, pois lhe dirá o significado nessa língua, o que o torna uma grande ajuda para qualquer estudante da Bíblia. Uma boa concordância também lhe ajudará no estudo das palavras.

A segunda diferença é a *diferença cultural*, um abismo que precisa ser vencido porque culturas podem ser muito diferentes. Se não entendermos a cultura do tempo em que a Bíblia foi escrita, jamais entenderemos seu significado. Por exemplo: "No princípio era aquele que é a Palavra. Ele estava com Deus, e era Deus" (João 1:1). O que isso significa? Por que o autor não disse: "No início era Jesus"? Bem, ele usou "a Palavra" porque isso era o vernáculo na época. Os gregos usavam o termo *palavra* para se referir a um tipo de energia etérea e espacial que flutuava por aí. João disse aos gregos que essa causa flutuante, a coisa que causava tudo, aquela energia espacial, aquele poder cósmico nada mais era do que a Palavra que se tornara carne (1:14).

Para o judeu, o termo *Palavra* sempre era uma manifestação de Deus, pois "a Palavra do Senhor" era sempre Deus emanando sua personalidade. Por isso, quando João escreveu "a Palavra se fez carne e habitou entre nós", ele estava identificando Jesus, o Cristo encarnado, como a emanação do próprio Deus. Por isso, nesse texto, ele vai ao encontro das mentalidades grega *e* hebraica com a palavra certa que cada pessoa identificava em seus aspectos vitais.

O mesmo acontece em toda a Bíblia. Se você não entender o gnosticismo que existia na época da epístola aos

Colossenses, não entenderá a epístola, e se não entender a cultura na época em que os judaizantes invadiram as igrejas gentias, não entenderá a epístola aos Gálatas. Se não entender a cultura judaica, não entenderá o Evangelho de Mateus. Precisamos ter uma compreensão cultural para entender plenamente a Bíblia.

Alguns livros úteis nessa área são *The Life and Times of Jesus the Messiah* (A vida e o tempo de Jesus, o Messias], de Alfred Edersheim (Eerdmans, 1974) e *Novo manual dos usos e costumes dos tempos bíblicos*, de Ralph Gower.

Existem também *questões geográficas* que precisamos resolver. Quando lemos na Bíblia que as pessoas *desceram* para Jericó, o que isso significa? Bem, quando vai para Jericó, você *desce*. Quando a Bíblia diz que as pessoas *subiram* para Jerusalém, é porque Jerusalém fica no *alto*, num planalto. 1 Tessalonicenses 1:8 diz: "Porque, partindo de vocês, propagou-se a mensagem do Senhor na Macedônia e na Acaia. Não somente isso, mas também por toda parte tornou-se conhecida a fé que vocês têm em Deus." O maravilhoso é que a fé dos Tessalonicenses se propagou com muita velocidade. Paulo escreveu a carta pouco tempo após ter estado por lá e permaneceu com eles durante algumas semanas, mas os testemunhos deles já haviam se espalhado. Como isso podia acontecer de forma tão rápida? Se você estudar a geografia da região, descobrirá que a rota inaciana passa pelo centro de Tessalônica. A cidade era o centro principal entre o Leste e Oeste, e tudo que acontecia ali percorria toda a rota inaciana até o fim. Está vendo como um pouco de conhecimento geográfico melhora sua compreensão?

Por fim, existe a *distância histórica*. Quando você conhece a história por trás de uma passagem, essa história lhe ajudará a compreendê-la. No Evangelho de João, toda a chave para entender a interação entre Pilatos e Jesus deriva do conhecimento da história. Quando Pilatos veio para o país com sua adoração do imperador, ele enfureceu os judeus e os sacerdotes, por isso, teve um começo ruim. Depois, tentou jogar algo em cima dos judeus, e quando ele foi pego em flagrante, eles o denunciaram a Roma, e ele quase foi deposto de seu cargo. Pilatos tinha medo dos judeus, e é por isso que ele permitiu a crucificação de Cristo. Por que ele tinha medo? Porque já tinha um histórico péssimo, e sua posição estava em perigo.

Esse é o tipo de história que precisamos compreender para acessar o significado da Bíblia. E existem várias fontes que lhe fornecem esse tipo de informações. Uma delas é *The Zondervan Pictorial Encyclopedia of the Bible* [Enciclopédia bíblica ilustrada Zondervan] (Zondervan, 1976). Um bom dicionário bíblico também ajudará.

Interpretar a Bíblia significa preencher as lacunas, então, quando você interpretar o significado das Escrituras, fechará as três lacunas mencionadas anteriormente. Mas quais são os princípios que você deve aplicar?

Princípios de interpretação

Além das *fontes* de interpretação, você precisa também entender os *princípios* de interpretação para entender a Bíblia corretamente, e isso envolve cinco princípios específicos.

Primeiro, você deve usar o *princípio literal.* Isso significa ler as Escrituras em seu sentido literal, normal e natural. Haverá figuras de fala, mas isso é linguagem normal. Haverá símbolos, mas isso também é linguagem normal. Quando você estudar passagens apocalípticas, como em Zacarias, Daniel, Ezequiel, Isaías e Apocalipse, lerá sobre bestas e imagens. Trata-se de figuras de linguagem e de símbolos, mas eles transmitem uma verdade *literal.* Interprete a Bíblia em seu sentido normal, natural, caso contrário, fará uma interpretação não natural, anormal e insensata. Por exemplo: os rabinos diziam que se você pegar as consoantes do nome de Abraão, b-r-h-m, e as somar, chega ao número 318. Por isso, se analisar o nome de Abraão, isso significa que ele tinha 318 servos. O nome não significa isso. Significa simplesmente Abraão.

Precisamos optar pela interpretação literal, normal e natural. Precisamos ter cuidado quando aparece alguém dizendo que existe um significado secreto e ele usar o versículo "a letra mata, mas o Espírito vivifica" (2Coríntios 3:6b). Ele usa o método alegórico para extrair o significado oculto, secreto. Você sabe o que é isso? Ninguém sabe!

Essas pessoas inventam. Não faça isso — interprete as Escrituras em seu sentido literal.

A Bíblia precisa ser estudada também segundo o *princípio histórico*, ou seja, o que o texto significava para as pessoas para as quais ele foi escrito? Dizem que um texto sem contexto (histórico) é pretexto. Em muitos casos, você precisa entender o contexto histórico, ou jamais entenderá completamente o que o autor pretendia.

Isso inclui muitas das lacunas mencionadas anteriormente e também informações biográficas sobre o autor humano do livro bíblico, bem como a data da composição do livro. Existem diversos recursos que podem lhe ajudar nessa área, e muitos deles estão incluídos no *Manual bíblico MacArthur*. Mais detalhes sobre o pano de fundo do contexto histórico dos livros do Novo Testamento podem ser pesquisados também com a série de comentários sobre o Novo Testamento de MacArthur (Moody Publishers).

Em terceiro lugar, precisamos entender o *princípio gramatical*. Quando estudamos a gramática, analisamos a oração e partes da fala, incluindo as preposições, os pronomes, os verbos e substantivos. Na escola, tivemos de aprender a analisar uma oração para descobrir o que ela dizia. Em Mateus 28:19-20, por exemplo, encontramos a Grande Comissão: "Portanto, vão e façam discípulos de todas as nações, batizando-os [...] ensinando-os a obedecer a tudo o que eu lhes ordenei." A primeira impressão é que "vão", "façam discípulos, batizando-os, ensinando-os" são verbos, mas, quando estudar a oração, descobrirá que existe um único verbo, *matheteusate*, "fazer discípulos". "Ir", "batizar" e "ensinar" nada mais são do que particípios, o que significa que eles modificam o verbo principal. O que a Grande Comissão diz é "façam discípulos" e, quando o fizerem, vão, batizem e ensinem. Quando você entende isso, o mandamento de Jesus se torna ainda mais pleno.

Outra ilustração ocorre em Mateus 18:20. Quantas vezes você já ouviu alguém dizer o seguinte numa reunião de oração: "'Onde dois ou três estiverem reunidos em meu nome, eu estarei no meio deles.' Amigos, dois ou três de nós estamos aqui, portanto, o Senhor está aqui"? Mas se eu estiver ali *sozinho*, o Senhor continua ali. Esse versículo nada tem a ver com uma reunião de oração. Se você estudar o contexto e a gramática, descobrirá isso. O que o versículo diz é que, quando você disciplina alguém, quando expulsa alguém da igreja e o pecado foi confirmado por duas ou três testemunhas, Cristo estará em seu meio. Por isso, você precisa analisar a gramática com cuidado para compreender plenamente o significado do texto.

Em quarto lugar, há o *princípio da síntese* — é isso que os reformadores chamaram de *analogia scriptura*. Em outras palavras, uma parte da Bíblia não ensina algo que contradiga outra, por isso, quando estudar a Bíblia, tudo precisa se encaixar. Por exemplo, quando estiver lendo 1Coríntios e chegar a 15:29, em que Paulo fala sobre o batismo de mortos, você diz "Bem, essa é uma ideia nova.

Você pode ser batizado no lugar de um morto e isso o salvará"? Mas será que a Bíblia permite que alguém seja batizado no lugar de uma pessoa morta? Onde a Bíblia diz isso? Isso não contradiz a doutrina da salvação? Essa não pode ser a interpretação correta dessa passagem, pois nenhuma passagem contradirá o ensinamento das Escrituras. Esse é o princípio da síntese.

J. I. Packer o expressou maravilhosamente: "A Bíblia se parece com uma orquestra sinfônica, com o Espírito Santo como seu Toscanini, e cada instrumento foi incentivado a tocar suas notas de forma espontânea e criativa como o grande maestro desejou, mesmo que nenhum deles jamais tenha podido ouvir a música como um todo [...]. A contribuição de cada parte só se tornará completamente clara quando vista em relação ao todo" (em *God Has Spoken* [Deus tem falado]).

Isso me diz que não há contradições na Bíblia. O que parecem ser contradições pode ser resolvido se tivermos as informações necessárias, pois a Bíblia forma um todo.

Mas talvez você esteja pensando: "Tudo isso é confuso, o princípio literal e todas as outras coisas. Quando é que tudo isso se torna relevante para a minha vida?" A pergunta final é: *E então?* Quando tenta interpretar a Bíblia, como você descobre o que isso significa para a sua vida? Isso nos leva ao *princípio prático*.

Tenho uma pequena expressão que costumo usar: "Aprenda a buscar os princípios das Escrituras." Leia a Bíblia e descubra qual princípio espiritual se aplica a você, mas só pode fazer isso após aplicar todos os princípios mencionados anteriormente: o literal, o histórico, o gramatical e a síntese. Você sabe o que significa baseado naquilo que ela diz — agora, pode se perguntar como tudo isso se aplica a você.

É assim, então, que interpretamos a Bíblia. Quando estiver lendo a Palavra, estude algumas das passagens problemáticas; leia um pouco num dicionário bíblico ou num comentário e comece a juntar as peças. Qual é o significado literal? Qual é o contexto histórico? Qual é a estrutura gramatical? Como isso se encaixa no resto das Escrituras? E, também, como isso se aplica a mim?

Fundamento número 3: medite sobre a Bíblia

Não se apresse quando estiver estudando a Palavra de Deus. Deuteronômio 6:6-7 diz: "Que todas estas palavras que hoje lhe ordeno estejam em seu coração. Ensine-as com persistência a seus filhos. Converse sobre elas quando estiver sentado em casa, quando estiver andando pelo caminho, quando se deitar e quando se levantar." Em outras palavras, a Palavra de Deus deveria ocupar sua mente o tempo todo.

Se estiver lendo o Antigo Testamento e um livro do Novo Testamento trinta vezes, o tempo todo, a Palavra ocupará sua mente a todo instante. A meditação é o que pegará todas essas partes e as reunirá para formar uma compreensão coerente da verdade bíblica. Deus diz também em Deuteronômio 6:8-9: "Amarre-as como um sinal nos braços e prenda-as na testa. Escreva-as nos batentes das portas de sua casa e em seus portões." Deus diz que ele quer sua Palavra em todos os lugares: "Eu a quero em sua boca, quando você se levanta, quando se deita, quando anda e quando se senta. Eu a quero na frente de sua casa, em seus portões, eu a quero em seus braços, pendurada entre seus olhos — eu a quero em todos os lugares!"

Mas vivemos numa cultura em que caminhamos pela rua e o lixo moral assalta nossos olhos constantemente — comerciais de bebidas alcoólicas, pornografia, humor grosseiro — e esse lixo invade nossa mente. Mas Deus disse que devemos tomar sua Palavra e fazer com que ela seja o cartaz na frente dos nossos olhos, para que ela preencha nossa mente e a nossa voz aonde quer que formos.

Certa vez, perguntaram a um homem: "Quando você não consegue dormir, fica contando carneirinhos?" Ele respondeu: "Não, eu converso com o Pastor." É isso que Deus quer que seu povo faça: que converse com o Pastor, medite. Salmos 1:1-2 diz: "Como é feliz aquele que não segue o conselho dos ímpios, não imita a conduta dos pecadores, nem se assenta na roda dos zombadores! Ao contrário, sua satisfação está na lei do Senhor, e nessa lei medita dia e noite." Como a vaca que rumina, mastiga a mesma coisa repetidas e incansáveis vezes, assim nós também devemos meditar sobre a Palavra, repetindo-a incansavelmente.

Fundamento número 4: ensine a Bíblia

Por fim, devemos ensinar a Bíblia, pois a melhor maneira de aprender as Escrituras é compartilhando-a. Descobri que as coisas que aprendi ao ponto de poder ensiná-las são as coisas que eu guardo. Mas você sabia que é muito fácil *não* ser compreendido? Quando você ouve alguém falar e não entende nada daquilo que ele diz, então, provavelmente, ele também não sabe do que está falando. Mas é difícil ser claro, pois, para que algo possa sê-lo, você precisa dominar o assunto. Como professor, você é obrigado a dominar sua matéria, e, além disso, quando ensina, você aprende. Alimente alguém e veja como isso alimenta seu próprio coração. Acredito que a motivação pessoal para o estudo provém da responsabilidade, pois, se eu não tivesse alunos, não produziria.

Minha oração é que estas palavras lhe ajudem a começar a estudar a Palavra de Deus mais profundamente. Leia a Bíblia, interprete-a, medite nela e ensine-a . Mas, quando achar que já domina tudo, não se torne orgulhoso e diga: "Alcancei meu objetivo. Domino tudo." Lembre-se de Deuteronômio 29:29a: "As coisas encobertas pertencem ao Senhor, ao nosso Deus." Quando você disse tudo, fez tudo e aprendeu tudo, mal arranhou a superfície da mente de Deus. Mas sabe qual é o propósito? Seu propósito de estudar a Palavra de Deus não é adquirir conhecimento simplesmente para dizer que sabe, pois Paulo disse: "O conhecimento traz orgulho" (1Coríntios 8:1a). Seu propósito é conhecer Deus, e conhecer Deus significa *aprender a ser humilde.*

Revisão

1. Por onde começa o estudo da Bíblia?
2. Descreva um bom método de leitura de todo o Antigo Testamento.
3. Qual é o "mistério" ao qual Paulo se referiu em Colossenses 1:26? Qual foi o foco principal de seu ministério?
4. Por que é importante gastar mais tempo estudando o Novo Testamento do que estudando o Antigo Testamento?
5. Descreva um bom método para ler um livro do Novo Testamento.
6. Qual é uma boa maneira de estudar qualquer coisa, mas especialmente a Bíblia?
7. Por que é bom ler sempre a mesma versão da Bíblia?
8. O que acontecerá se você começar a ler a Bíblia repetitivamente?
9. A que pergunta a interpretação da Bíblia responde?
10. O que o povo de Israel fez em Neemias 8:8?
11. O que Paulo ordenou a Timóteo em 1 Timóteo 4:13? O que ele quis dizer?
12. Qual é o equívoco que o Talmude comete ao interpretar a história da Torre de Babel? Qual é a interpretação correta?
13. Como algumas pessoas interpretam 2 Pedro 2:20 de modo errado? Qual é a interpretação correta?

COMO ESTUDAR A BÍBLIA

14. O que Paulo diz sobre aqueles que tentam adequar a Bíblia aos seus próprios pensamentos (2Coríntios 2:17)?

15. Por que é importante evitar uma interpretação superficial?

16. Dê um exemplo de espiritualizar uma passagem da Bíblia.

17. Dê alguns exemplos que ilustram a diferença linguística que enfrentamos em nosso estudo da Bíblia.

18. Qual é a boa maneira de vencer essa distância linguística?

19. Como João 1:1 ilustra a distância cultural que existe entre o presente e o século I?

20. Dê um exemplo de como a compreensão da geografia da época é importante para a nossa interpretação da Bíblia.

21. Qual é a lacuna que precisa ser preenchida se quisermos entender a interação entre Pilatos e Jesus?

22. Qual é o primeiro princípio que devemos usar na interpretação da Bíblia? Explique.

23. Por que é importante conhecer o contexto histórico de uma passagem bíblica?

24. Explique a gramática de Mateus 28:19-20.

25. Explíque o princípio da síntese na interpretação da Bíblia.

26. Quando você interpreta a Bíblia, como descobre o que ela significa para a sua vida?

27. Segundo Deuteronômio 6:8-9, onde Deus quer que sua Palavra esteja?

28. Qual é a melhor maneira de aprender o que a Bíblia diz?

REFLEXÃO

1. Estabeleça um plano para ler o Novo e o Antigo Testamento. Decida os horários do dia que você pretende reservar para a leitura e comece o Antigo Testamento por Gênesis. Escolha qualquer livro do Novo Testamento para sua leitura diária e divida-o, se necessário, de forma que consiga ler 30 minutos todos os dias durante 30 dias. Comece com sua leitura hoje.

2. Se você queria estudar uma parte específica da Bíblia mas não sabia como, agora já pode fazer isso. Estabeleça o tempo que deseja gastar com seus estudos e, caso não tenha algumas das ferramentas de estudo mencionadas neste capítulo, sugiro que vá até uma biblioteca ou procure na internet. Ao estudar, tenha o cuidado de evitar os erros de interpretação e, enquanto estuda, procure preencher as lacunas linguística, cultural, geográfica e histórica. Por fim, aplique os princípios de interpretação corretos e lembre-se de que o objetivo do seu estudo não é aprender apenas o que a Bíblia diz, mas também aprender como ela se aplica a você.

Índice de passagens bíblicas

Gênesis

1:1   23

Êxodo

3:10-11   58

Deuteronômio

5:29   81

6:6-7   132

6:8-9   133

8:3   49

29:29a   134

Josué

1:8   81

10:13   20

1Samuel

13:10-14   83

2 Crônicas

34:14-32   82

34:31   84, 102

Neemias

8:1-8   115-116

Jó

23:12b   63, 94

28:1-18   92-94

36:27-29   21

Salmos

1:1-2   133

19	22	**Mateus**	
19:7	8	4:1-11	47-50
19:7-10	64	5:18	24
19:8a	30	18:20	130
19:10b	94-95	24:17	119
119:1-2	83	28:19-20	129
119:11	47		
119:97	64, 94	**Lucas**	
119:105	62	4:33-36	50-51
135:7	22	11:28	31, 39, 81
138:2	82	24:13-32	32
138:2b	64		
		João	
		1:1	125
Provérbios		1:14	125
1:20-33	78	4:24	83
2:4	92	6:63b	54
8:34	31	6:67-68	63
14:34	106	8:30b-31	11
24:13-14a	80	8:31b-32	29
30:5-6	9, 116	8:44-45	88
		8:47	16
Isaías		14:15	81
1:2	11	15:11	31
28:10	112	15:11b	83
40:12	23	16:16	44
55:9-11	82	16:20	45
55:10	21	17:17b	27
55:11	14	18:38a	27
		21:15-17	41-43
Jeremias		**Atos**	
15:16a	7, 54	1:8a	58
31:35-36	22	5:1-11	14
		17:10-12	89
Oséias		18:24	66
4:1-6	76-78	27:29	123

Romanos

1:16	59
6:16a	65
8:9	62
12:2	79
15:4	13

1Coríntios

1:18—2:9	85
2:9	16
2:10	85
2:10-12	16
2:11	87
2:14	17, 87
4:1	124
8:1a	135
11:30	14
15:29	130

2Coríntios

2:11	46
2:17a	121
3:6b	128
3:18	59
5:17	19
11:14	55-56

Gálatas

3:10	11, 39
5:19-21	56

Efésios

1:3—3:20	59-61
1:15-18a	98
3:3-5	110
4:14	56

4:23	59, 79
6:17-18	51

Filipenses

1:9	80
4:8b	80

Colossenses

1:10b	80
1:25-26	110

1Tessalonicenses

1:5	15
1:8	126

1Timóteo

4:6	54
4:12a	75
4:13	117
5:17	91, 122
5:23	75

2Timóteo

1:7a	75
2:2	75
2:15	65-66, 90, 118
2:22	75
3:7	27
3:15	12
3:16	12
3:17	13, 80
4:2a	65

Hebreus

4:12	58-59

Tiago		1:9	19
1:18a	54	2:5a	64-65
1:21	13, 96	2:13-14	55-57
2:9-10	11	2:20	121
		2:27	62-63
1Pedro		5:3a	81
2:1	54	5:4	57
2:1-2	95		
2:2	53, 91	Judas	
		3	65
2Pedro			
2:1	122	Apocalipse	
2:20	122	1:3	31
3:18a	80	1:3a	114
		22:18b-19	10
1João			
1:4	31		

Este livro foi impresso em 2021, pela
Edigráfica, para a Thomas Nelson Brasil.
A fonte usada no miolo é Adobe Jenson Pro
corpo 12. O papel do miolo é avena 80g/m²,
e o da capa é cartão 250g/m².